我的倒霉事儿、
不靠谱方案、

惹出的
各种麻烦
还有
写不下了……

HYPERBOLE and a HALF

Allie Brosh

我永远也当不了大人

[美]艾莉·布罗什/著　周高逸/译

SPM 南方传媒｜花城出版社

中国·广州

果麦文化　出品

本书献给斯科特。

满意了吧，笨蛋？

此外还献给妈妈、爸爸、凯蒂、劳里、
邓肯、莎拉、乔伊和李。

你们都非常棒。

目 录

序 言

话说出书还是应该有个序言之类的东西吧。

下面这个是我五岁时画的画：

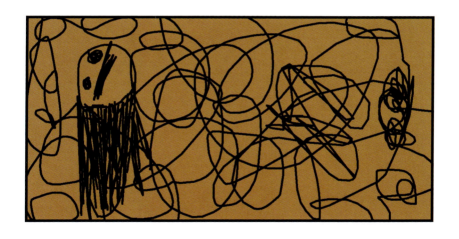

　　画的是个一只手臂很正常，而另一只手臂扭曲得没边的人。假如你认真看，还能从扭曲的手臂底下看见那只正常的手臂，不过有一点你肯定看不出来：在这幅画的原作中，这只扭曲的手臂一直延伸了整整一卷油纸的长度，这幅画，我从油纸的一端，一直画到把这卷纸全都用光。

我还记得当时我边画心里边想："这太有病了，这家伙的手怎么就能这么长呢？"要不是纸用完了，天知道会画成什么样子。满打满算，画这只手臂用到的纸，比你手里这本书用的纸还要多。理论上，我完全可以把那卷油纸一段段地裁成方形，装订成册，出一本《弯手之书》。

　　当然，我并没有这么做。

　　我确实有过这个念头，但最终得出结论：做这种事情，地球人是不太可能放过我的。

危险信号

我十岁的时候给未来的自己写了一封信，埋在后院里。十七年后的一天，我终于想起来，应该在两年前把这封信挖出来。

我多少有点期待能靠这封信来怀念下那段值得回忆的童年——说不定会为自己当时的天真感到惊讶，又或许会从中看出一些理想的萌芽。可是看完之后，唯一的感想是，我这个人怎么就这么不对劲呢？

信是用绿色蜡笔涂写在一张物业账单上的，显然十岁时的我并没有花费太多时间来规划这封信的样子。很可能，当时我纯粹只是在路过厨房时突然想到："啊，我还可以给未来的自己写信呢。"于是就写了。

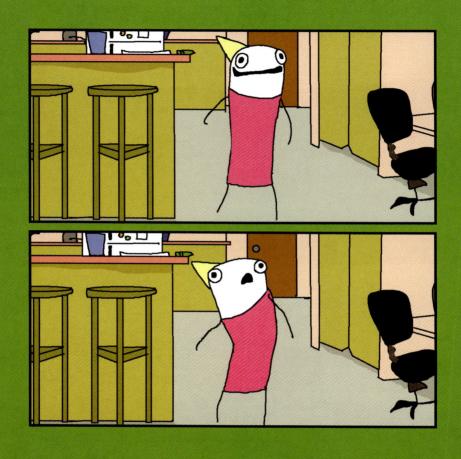

　　估计这个发现带来的巨大惊喜当时就把我吓得大脑短路了，于是我没能找到合适的书写用纸——哪还有时间去在意那种细节嘛。

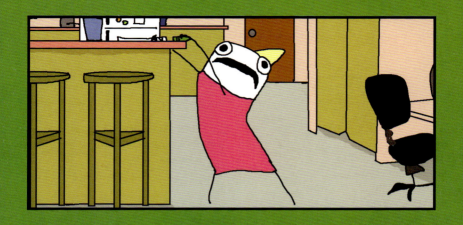

　　但在慌乱与激动之中，我还是，短暂地维持住了理智，找到了一截蜡笔和一张可以用来涂涂画画的纸头。

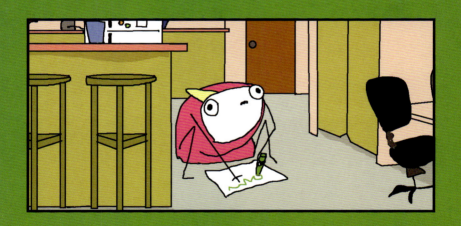

　　信的开头是这样的：

　　亲爱的25岁（注：不是"亲爱的 25 岁的我"也不是"亲爱的 25 岁的自己"，就只是"亲爱的 25 岁"）：

你还洗欢狗狗吗？你最洗欢的是什么狗呢？你的工作是不是训连狗狗呀？墨菲还活着吗？你最洗欢吃的是什么呢？？爸爸妈妈都还活着吗？

我觉得这些问题的顺序是十分值得强调的。显然，和狗相关的主题是我最关心的（墨菲是家里当时的宠物狗），紧随其后的是想要知道未来的我最喜欢吃什么（连写两个问号很能说明这个问题在当时的我心中有多重要），这些都结束之后，我才开始考虑爸妈是否还活着。

这封信接下来的部分，标题是"关于我"：

我的名字叫艾莉，十岁。我全头发，蓝眼睛。我最洗欢的狗狗是德牧，第二洗欢的狗狗是哈士奇。第三洗欢的狗狗是杜宾。

这段话让人不安的地方有几点。第一，显然当时的我认为自己长大之后就不会记得自己叫什么名字或者眼睛是什么颜色了。

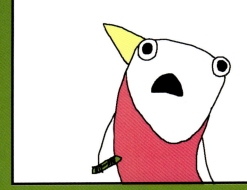

　　第二，最后几句我写的全是自己喜欢的狗的品种，好像这些事情对我的身份认同有着至关重要的意义。就好像过去的我曾想象将来的自己，站在院子里挖开的地上、紧紧攥着信纸高声尖叫："**但我当时喜欢什么狗呢？要是不知道自己十岁时喜欢什么狗的话，我怎么知道自己究竟是谁？？**"

　　我在这里停了会儿，画了几只——德牧？

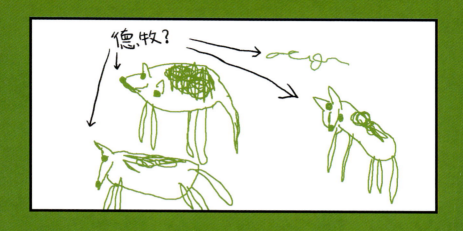

　　在这群德牧的下方，我写下了整封信中最让人不安的三个字——这三个字比我至今为止发现的关于童年的一切，都更能说明当时的我对现实世界的感知是多么的贫乏。就在这封信的最底部，我用那截短短的蜡笔头，写出了下面这句话：

请回信。

　　从这行字粗壮、坚定的线条可以看出，我一定是非常用力地写下了这句话。这个邀请的诚意无可置疑。当我问过未来的自己最喜欢什么狗以及爸妈是否还活着之后，我居然发自内心地期待着答复。而且，显然，我还认为自己能够在十岁的时候得到答复。

　　请回信。我想象自己耐心地站在院子里，日复一日地想着：快要回信了吧……很快就会了，我就是知道……

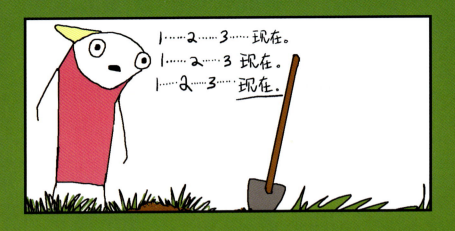

时间旅行是个复杂的概念，我也不指望十岁的孩子能够弄懂，但这封信体现出来的可不仅仅是简单的误解。

我几乎可以肯定自己不是时间旅行者，但以防万一，我决定还是写封回信。事实上，我决定写好几封寄给不同时间段的自己，因为有很多重要的事，我觉得可以向过去的自己解释，或者是提个醒。

　　请允许我先给两岁的自己写信：

亲爱的两岁：

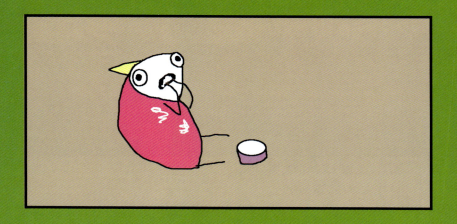

　　面霜是不能吃的——不管它看上去有多像奶油，不管你试过多少次——它永远只会是面霜，永远不会是奶油。

我发誓绝对没有骗你，真的永远不会是奶油。

看在你妈的分上，求求你别吃了，你在摧残的那些内脏我还要用啊。

亲爱的四岁：

请允许我先说一句，我不知道你为什么开始吃盐。不管出于什么原因，总而言之你开始吃了。好吧。

你很快会发现，吃很多很多盐会觉得很咸很咸，咸到整个人都不舒服。其实，你只要停下来就可以了。方法就是这么简单，而不是去吃胡椒粉来"抵消"咸味。

你已经掉进这个陷阱好几次了，这个恶性循环完全是可以避免的。就算只看自己反复实验的结果，你也该知道胡椒粉并不是盐的中和物。可是不知道为什么，你总是无视这个客观事实。

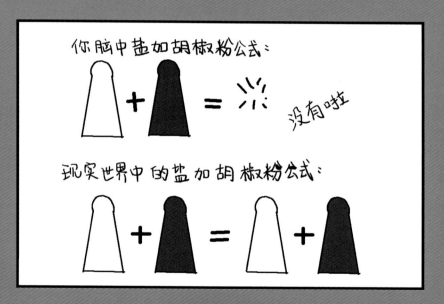

再说一遍，不管吃多少胡椒粉，都不可能抵消你刚刚吃掉的那一大堆盐。再吃胡椒粉的唯一结果，就是嘴里充满胡椒粉和盐的双重味道。

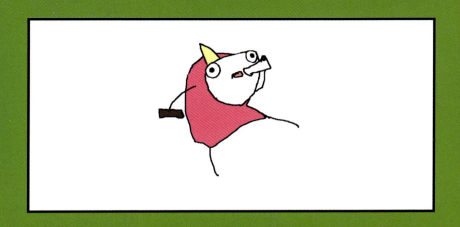

　　同理，为了消除咸味吃大量胡椒粉而产生的辣味，也不可能通过再吃盐来消除。这很难懂吗？你只要想停，随时都可以停下来啊。

　　顺带一提，你真该学学什么叫"吃一堑长一智"。信不信由你，我可是知道明年你发现电篱笆之后发生了什么。被电七次，真的没必要。

亲爱的五岁：

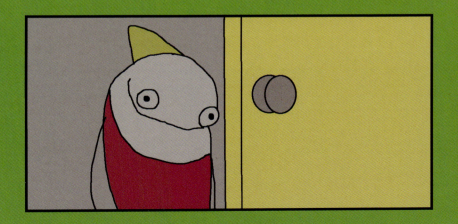

你到底是有什么毛病？正常孩子才不会幻想有个死掉的朋友。正常孩子不会把自己身上的水痘痂一个个抠开，任由它们流血，然后不穿衣服站在卧室门外黑漆漆的走廊里，等着有人经过问她在做什么。还有，正常孩子面对刚才那个问题不会回答："我想知道我的血全都流出来是什么样子的。"正常孩子也不会站在爸妈房间的角落里看他们睡觉。你妈以前看《驱魔人》留下了心理阴影，她不知道该怎么应对你这些吓人的举动。所以，拜托你，别再这样了，千万别。

亲爱的六岁：

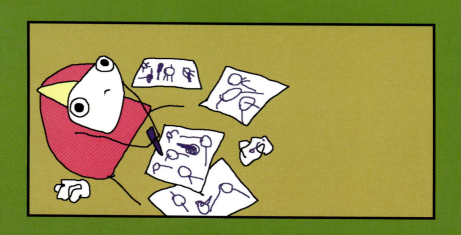

字母 R 对你来说，难学到离谱啊。明明一直在练习，明明对其他字母都已经熟得不能再熟了——大写小写都没问题——字母 R 就是能让你一败涂地，这完全超出了我的理解范围。

看看这个：

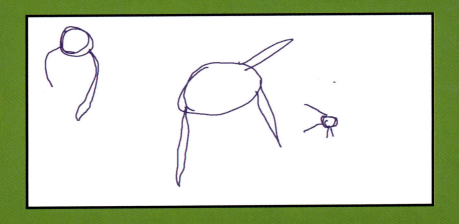

　　这是什么情况？怎么能错得那么离谱？？

　　好吧，第一个还可以理解，但中间那个是怎么回事？多出来那一撮，哪儿来的？再看右边那个小的——好家伙，一个圈带四条杠，太多了好吗！

　　是不是，如果你静下心来，放松一点，好好看一下字母 R，你会发现它真的没有你写出来的那么复杂。

亲爱的七岁：

　　看看周围的小孩，发现了吗？他们都穿着衣服。那是因为他们都七岁了，已经知道在公共场合脱光衣服不太合适了。但你还没有意识到这一点，对不对？大家也试着给你解释了，你的老师们努力过，你的父母努力过，甚至还有几位同学对你坚持不懈的裸奔行为表达过不满和为难，可你就是非脱不可。

　　为什么那么想光着身体？其实你自己都不知道原因吧？是什么神秘力量强迫你这么做吗？

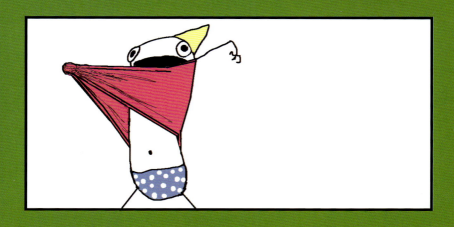

　　不管怎样，把衣服穿上，接受现实吧。这事儿没有商量的余地。别指望脱光了衣服躲在角落，还能不被人发现，也别指望把自己埋进沙坑里就能骗倒老师——你的衣服就堆在沙坑旁边呢。他们都看见了。

　　亲爱的十岁：

　　哇，你真是太喜欢狗了，喜欢到我都不确定是不是超出了健康的爱好范畴。当然，喜爱狗狗、对狗狗很感兴趣，这都是正常的，但

你的程度显然远超了正常界限。举个例子，正常小孩不会像你这样频繁地假装自己是狗，跑来跑去。你已经十岁啦，朝着别人呜呜吼、汪汪叫的时候，难免不被怀疑智力发育水平。

更让人担心的是障碍赛场地。如果是在这里训练你的狗狗跑障碍赛，没什么问题。但是让你妈掐着秒表计算你在障碍赛道上四肢着地跑来跑去的时间，还跑了一遍又一遍，这就不太对了。你这样做，你妈得有多担心是她做错了什么才让你变成这样，你明白吗？

行了，点到为止，我先回答你的问题吧：

你还洗欢狗狗吗？
喜欢，但没有你那么喜欢。我和狗狗们的关系非常健康。

你最洗欢的是什么狗呢？
我不知道。你一定觉得很意外吧，但把狗狗按品种在我的喜欢列表上排序，对现在的我来说已经不是那么急切的事情了。

你的工作是不是训连狗狗呀？

不是，我连自己的狗狗都训练不好呢，别提去训练别人的了。

墨菲还活着吗？

当然已经不在了。我不知道你是过于乐观，还是单纯地不理解，狗狗一般活不到二十五岁。问出这个问题，注定要失望的。

你最洗欢吃的是什么呢？？

墨西哥玉米片。这还是挺幸运的，因为未来的你不太正常也不会照顾自己，只好吃很多很多玉米片。

爸爸妈妈都还活着吗？

其实呢，你是蝙蝠侠。因为剧情需要，只好请他们先领盒饭了。

亲爱的十三岁：

你终于不再过分迷恋狗狗了，所有人都松了一口气。不幸的是，现在你觉得自己是个法师。我知道这件事，因为我找到了你收集的咒语表。

说说看，把法国芥末和沙子搅在一块吃下去，怎么就能让人喜欢上你呢？

首先我觉得，以早年吃了那么多不该吃的东西的经历来说，你应该不会再去尝试做类似的事情了。其次，如果你还相信"吃芥末拌沙子能让别人喜欢你"这种事情，那是绝对不会有人喜欢上你的。

亲爱的其他时间段的过去的我：

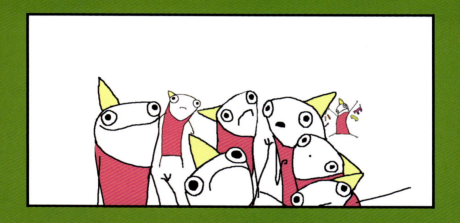

感谢你们没有奇怪到让未来的我觉得有必要——给你们写信。我表扬你们。

傻 狗

　　昨天晚上，我长久以来的一个担忧被证实了：我的狗，可能有一点弱智。

　　从领养她开始，我对她智商的怀疑就没有停止过。后来我还发现，她完全无法理解楼梯是个什么东西。

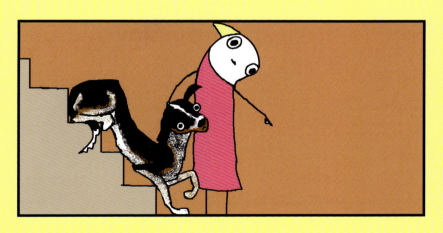

　　当时我觉得，不会爬楼梯应该要怪她的前主人，因为控制不住她，一直把她关在很小的狗窝里。我想这应该是她第一次见到楼梯，所以才会有点不知所措。我深感自己肩负神圣的使命，应该悉心教育这只可怜没人爱的生物，于是花了好几个小时，温柔地带着她爬上爬下。

我把狗饼干放在每一级台阶上作为诱饵，看到她有一点点进展我都欢呼雀跃以示鼓励。领养回来一个星期后，她还是不会爬楼梯，我又把原因归结为运动能力不行。这只狗的运动姿势极其不协调，说不定是血统里掺进了什么非四条腿的动物，比如海星或者蛇。

　　警钟第二次敲响，是在训练她的时候。我满心想着，训练一条狗能有多难呢？这是再简单不过的事了呀。

　　我错了。训练这条狗不仅困难重重，更让人肝肠寸断。因为她是真的很想让我开心，可以说全身上下每一丝肌肉都是满满的斗志。

　　她真的尽力了。

　　当她在困惑中把脑袋扭到最极端的角度，也没能灵光乍现时，通常会直接大脑短路，就地打滚。

　　教了两个月，多少还是有点进步的，只不过进步慢到令人发指，而且转眼就忘。我呢，仍然心存幻想，觉得她一定有潜力，只要继续努力下去，说不定哪一天她就会突然开窍，变得和普通狗狗一样。

　　但有天晚上，我在沙发上漫无目的地刷网页，抬头发现她正在舔地板，而且还舔个没完。一开始我以为是什么东西洒在地板上了，但她的舔食行为根本没有特定地点，完全就是满屋子乱转，跑到哪儿舔到哪儿。她发现我在看，干脆侧身一躺，舌头从嘴的一边探出来，一边舔着地板，一边两眼直勾勾地盯着我看。

就在那一刻，我意识到必须弄清楚我的狗到底是不是智障。

于是我上网搜索"怎样判断你的狗是不是智障"，一通研究之后，终于找到一个貌似比较靠谱的狗狗智商测试，包括测试狗狗解决各种基本问题的能力，比如被毯子盖住时能不能自己跑出来。

我找来道具，开始测试。

第一题，用除了她名字以外的其他词语叫她，看她能不能分辨。于是我大叫一声："冰箱！"她不为所动，我十分高兴。我又叫了"电影""洗碗机"和"香蕉"，她都没有反应，我不免得意起来。接下来是最重要的一步：我叫了她的名字。毫无反应。我又叫了好几次，她还是没有任何反应。

"失败"两个字仿佛霓虹灯一样在眼前亮起。没关系，我安慰自己，下一题她会表现好一些。

第二题，往狗身上盖条毯子，看她需要多少时间才能逃出来。我给她盖上毯子，按下秒表。一开始她还随便挣扎了几下，但随着时间一分一秒地过去，我意识到，这个测试，她也绝对通过不了。

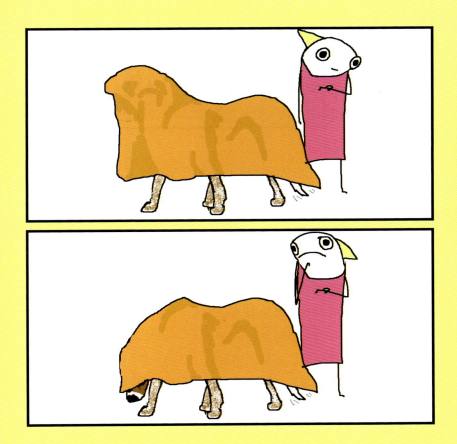

　　但我还是不愿意相信她笨。或许她只是喜欢盖着毯子呢，如果真的想要出来，肯定一下就能搞定。我这样想着，在计分表上又加了几分。

　　在简单粗暴地继续搞砸三道测试题之后，到了关键的最后一题。如果能拿到这题的满分 5 分，那么智商测试的结果至少能比最低档好一些，上升到"平均以下"。

　　测试内容是这样的，首先我要让她坐下——其实光是这一点就足够考验她的了。然后我要给她看一块饼干，让她闻一闻。接着，在确保她看到全程的情况下，把饼干放到地上，用一个塑料杯盖住。如果她能在一定时间内上前去把杯子顶翻、吃到饼干，那就算通过测试。

　　我把饼干放到杯子底下，按下了秒表。

　　我的狗蹿到杯子旁边嗅了一嗅，然后绕着杯子转了一圈，困惑地转头看着我，表情就好像看见了一个大法师。我伸手指了指杯子。这显然是个作弊行为，但我真的很想让她通过测试。

　　她不明白这是什么意思，但显然知道自己应该做点什么，于是开始上蹿下跳，把她能想到的行为挨个儿试了一遍，这样一来，说不定就能撞上那件自己应该做的事，让眼前这个魔法杯子快快告诉自己，消失的饼干究竟到哪里去了，对不对？

啊呜……

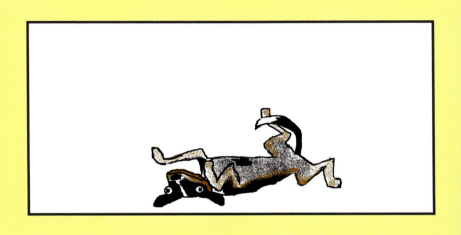

　　我眼睁睁看她漫无目的地满屋乱转了五分钟之后，终于接受了事实：这个测试她一条都通不过，她的智商，是真的有问题。但是，管他呢，我不能就这样让这条可怜的傻狗觉得自己很没用很失败啊。

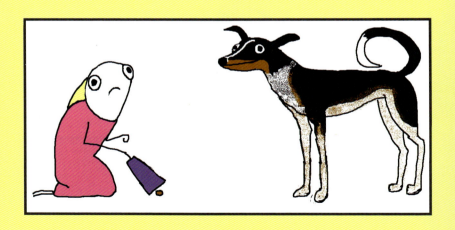

动 力

这辈子我遇过最可怕的事情之一，就是眼睁睁看着自己一遍又一遍地决定——接连三十五天——不去归还租来的电影光盘。每一天，我都看着碟片安稳地躺在沙发扶手上。每一天，我都对自己说，必须得做点什么啊……然后，什么也没做。

就这样过了一个星期，我开始担心自己可能这辈子都没法把碟片还回去了，但转念一想，我不至于连这点控制力都没有吧？总不至于纵容自己**永远**都不还吧？

但事实就是这么残酷。三十五天后，我终于决定，大不了这辈子都不再去百视达音像店租碟片了。

绝大多数人，只要明白有些事情非做不可，就能拥有去解决问题的动力。对我来说却不是这样。寻找动力对我而言是一场糟糕而可怕的拉锯赛，比赛一方是努力劝说自己去行动的我，另一方则是拼命逃避的我。如果赢了，我就得做一件本不情愿做的事；如果输了，我就向自毁人生又迈进了一步。最要命的是，连我自己都不知道这场比赛会输还是会赢，永远都要等到最后一刻才能分出胜负。

每次自己输了，我都会很意外。

　　但我还是一次又一次地重复相同的剧情，因为对我来说，没有发生的事情是不真实的。只要把责任一股脑儿统统扔进"以后"这个神奇的地方，我就能以一千公里的时速无所畏惧地直线冲向失败。

　　至少，过去都是这个样子。如今的我坐拥无数次失败的经验，多少也会在冲刺途中心生怀疑，自己正在前往何方，到达之后又将面

对怎样的后果。而在这不幸旅途的最后时刻，我清楚地意识到自己的处境，并因此吓得魂不附体。

好在，事实证明，自己吓自己多少还有点儿激励效果。

　　因为这个"多少有点效果"的方法实在太管用了，现在但凡有什么重要的事需要完成，基本全靠它。

　　当然啦，这个方法也是有缺点的——最大的问题在于，只有在无限接近失败的时候，我才能发现种种征兆，然后开始恐慌。

　　不过，只要能在失败真正到来之前意识到后果——别说之前了，哪怕是在失败的发生途中能意识到的话——我就能垂死挣扎一把，有望擦着线躲过彻底的失败。

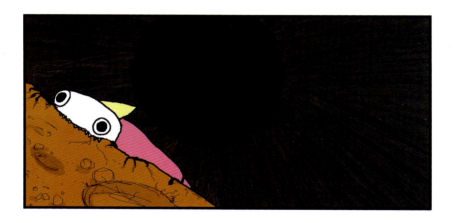

　　拖延症自身既是问题，也成了答案。通过拖延，我让自己无限接近可怕的灾难，然后吓得魂飞魄散，火速逃向成功。
　　比较麻烦的是那些即使不做也不会产生严重后果的日常琐事，我到现在也没找到比较正常的解决方法，但还是学到了一点，那就是，让自己尴尬到无地自容，逼迫自己采取行动。

这个方法通常不会立即见效。

有的时候一连几天都没什么效果。

不过到最后总会奏效的。

　　现在我已经掌握了让自己感到羞耻的秘诀，甚至可以用理论上的尴尬情景迫使自己在犯错*之前*就做出正确的选择。这种技能当然也可以叫作"道德"，但我还是喜欢把它叫作"我要恶劣到什么地步，才会因为觉得丢不起人而停手"。

恐惧和丢脸是自制力的根本，是动力的源泉，是防止我彻底惹人嫌的保障。多亏它们，我才能做出正确的选择。真不敢想象，如果没有它们，我会变成什么样。如果全靠自己，我的人生大概会彻底失控吧。

　　我仍然怀抱希望，或许有一天，我能像正常人那样用意志力来解决问题。但在这虚无缥缈的一天到来之前，我将继续挥舞手中简陋的"恐惧"和"丢脸"之剑，自信满满地向着成功努力奋斗。

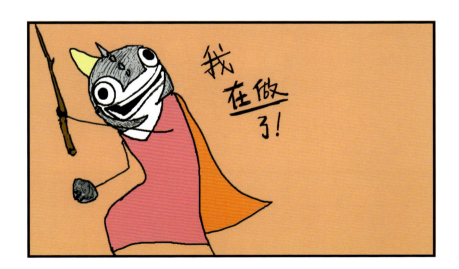

蛋糕之神

　　我妈为外公的 73 岁生日聚会烤出了世界上最棒的蛋糕。蛋糕上涂满了厚厚的奶油，还装饰着用棉花糖和牙签做成的各种可爱动物。对四岁的小孩子来说，这无疑是个奇观——半是玩具，半是蛋糕，充满了伟大的可能性。

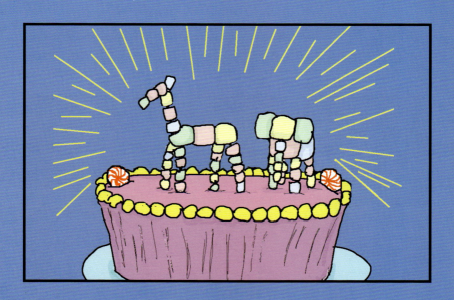

　　我妈非常清楚，让我远离蛋糕至关重要。因为我只要沾到一点点糖，就不仅仅是瞬间兴奋暴走那么简单了，人生的一切都将汇聚到

"获得并吃掉更多糖"这个目标上。我对糖的需求将会膨胀到无法支撑，向内塌陷，坍缩成一个吸进更多更多糖分的真空漩涡，直到世界上所有带甜味的东西都被我消耗殆尽。

所以，趁我妈转身，我想办法爬上桌子，抓下一块蛋糕时，一系列不可逆转的连锁反应就这样展开了。

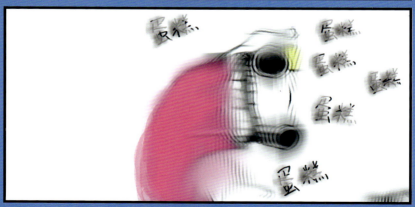

蛋糕

除了蛋糕，
别的
都不重要了。

我已经吃到一块蛋糕，回不了头了。在急切的外表下，我小小的身体已经成为一团翻滚的高纯度的执念。一定要把蛋糕全部吃掉，不然整个人都会被这份渴望蒸发殆尽。

　　我妈本来是想尽快把当天的事情都解决掉，所以一大早就做好了蛋糕。她以为这样会比较有效率，但事实上，这意味着她一整天都必须全力应付我想吃蛋糕的无尽执着。我不依不饶地跟着她转，指望她把蛋糕放下来，哪怕只是那么一小会儿。

妈妈很快就受够了要一直拿着蛋糕躲着我。她试图把蛋糕藏起来，结果立刻就被我找到了。她把蛋糕放在冰箱顶上，但我反人类的攀爬技能很快就证明了这并不是理想的解决方案。

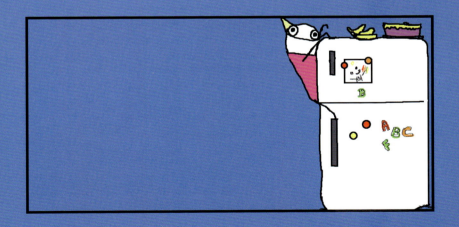

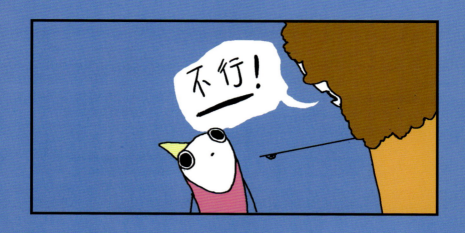

　　她的下一个安保措施是把蛋糕放进冰箱里，然后用一只很重很重的大箱子堵住冰箱门。

　　箱子太重了，我推不动。于是我决定采用第二套方案，死命地不停往箱子上撞，逼我妈要么把箱子挪开，要么眼睁睁地看着我把自己搞残。

意外的是，这一战术竟然没有博得什么同情。

于是我去玩玩具了，但我一点都不开心。

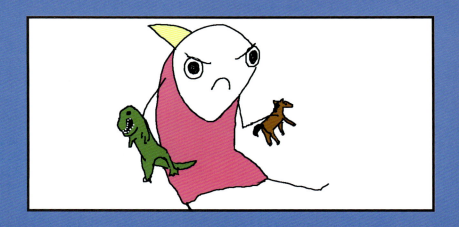

我必须时刻记得终极目标。

整个下午，我怀着强烈的报复心玩玩具，每个玩具都以无比惨烈的方式死过至少一回。但我一刻也没有忘记自己的目标。

最后妈妈终于来找我了，她告诉我马上就要出门去生日派对了，让我把连衣裙穿上。我故意把裙子穿反，只为给她添堵。

　　我被赶进车里，安全带牢牢地把我固定在座位上。妈妈仿佛是为了挑衅，把蛋糕放在副驾驶座上，让我刚好够不着。

　　一到外公外婆家，向来很宠爱我的外婆把我困住了，而妈妈拿着蛋糕走开了。

　　我在外婆爱的抱抱中死命挣扎，却还是只能无助地望着我妈带着蛋糕消失在走廊。我听见关门上锁的声音：她把蛋糕锁在了后面的卧室里。这下该怎么才能拿到蛋糕呢？我完全不知道该怎么撬锁，也不够力气把门踹开。这一刻，仿佛人生所有的希望都像山体滑坡一般从我身上流逝掉了。他们怎么能这样对我？就这样冷漠地看着生存的意义从我手中消失？我接受不了这个事实，幼小的心灵开始破裂。

　　紧接着，我就在外婆的臂弯中陷入了一场精神崩溃大暴走。积攒的不爽仿佛一窝蜜蜂在巢里被石头一砸，嗡地一下全都从我小小的身体里爆发出来。

　　所有人一致决定，在我恢复镇定、停止尖叫打闹之前，不允许我进屋，只准在外面玩耍。我被赶到院子里，只能站在玻璃门前，尽力摆出一副可怜的样子，幽怨地望着屋里。

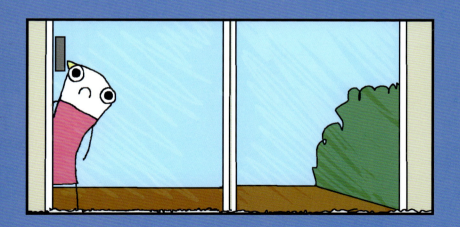

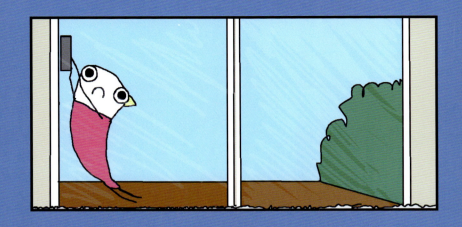

　　我知道蛋糕被安全地锁在卧室里，要是能让他们放我进屋……那么或许，或许就能找到什么方法得到它。毕竟，绝望的逆境最容易催生天才的构想，说不定我能弄出一个炸弹或者滑轮组什么的。总之不尽力去试试看是不行的。但我当时唯一能够做的只有以情动人，让他们觉得我无比可怜，主动让我离蛋糕近那么一点点。

　　然而演技没能奏效。我只好把脸凑到玻璃门上，拼命放声大哭。

一直哭到我妈探头出来看了一眼——可惜事与愿违，她完全没有怜悯我，也不打算亲切地把我请回屋里，反而让我去院子边上玩。因为我这样会把玻璃弄花，而且凄厉的哭声让外婆很不安。

我拖着沉重的脚步，一步一回头地走到院子另一边，眼里充满怨恨，心里恨恨地想着，如果我就这么死在外面，我妈会有多后悔多心痛。当初应该满足我的诉求，给我一块蛋糕，可是到那时再后悔，已经太迟了。

正在我围着墙角打转、沉浸在自己演绎的悲剧故事里时，突然一线希望之光打断了我的思绪。

就在我头上，有一扇窗。窗的另一边，是放蛋糕的那间卧室。而且，窗开着。

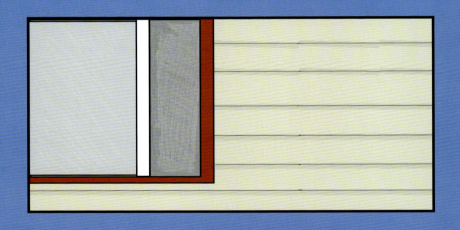

纱窗是关好的，但我爸曾经未雨绸缪地演示过怎样把纱窗移开，以防将来我被困火海，并且真的蠢到不知道一脚把纱窗踹开的话，那也可以逃出生天。

总之我爬上墙边，用尽全身的力气把纱窗往里推。

纱窗掉了，就在这一瞬间，我进到了卧室——离蛋糕只有数尺之遥，途中再没有一点点阻碍。

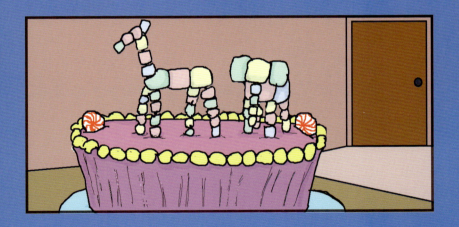

我仍然无法相信刚刚发生的一切，身体因为期待而颤抖不已，我一点一点地靠近蛋糕。是我的。全都是我的。

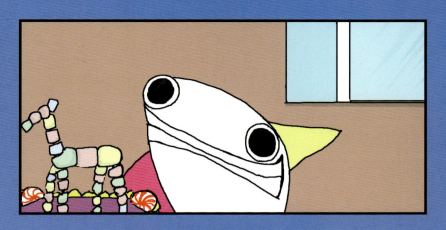

　　我把整个蛋糕都吃了。到现在还记得，肚子快要撑爆的感觉，但怀着仇恨和决心，我硬是一口一口地吃了下去。没有人可以命令我不准吃掉整个蛋糕——我妈不行，圣诞老人不行，就连上帝也不行——没有任何人可以这样命令我。这个蛋糕是属于我的，其他人都给我一边儿去吧。

　　与此同时，厨房里的妈妈突然意识到，她已经有一段时间没听到我惨烈的呜咽了。

　　她开始担心，因为我自发停止撒泼是很不正常的。于是她开始找我。

但是哪里都找不到，最终她才想到打开上锁的卧室门。

找到了。

    整个晚上，我都在高血糖的支配下，一会儿像个疯子似的到处乱跑，一会儿在外公外婆家的地毯上喷射战利品的五彩残骸。我难受得死去活来，但这点难受根本算不了什么——可恶的老妈不得不眼睁睁地看着我呕出一波又一波半消化的彩虹色胜利甜品，那种满足感，无可比拟：这是送给你的，妈妈，这就是你百般阻挠我吃蛋糕的下场。我不动声色地向她宣战，看她还敢不敢阻止我获得自己想要的东西。有胆就再来一次，看看会发生什么。不管我当时有多痛苦多难受都不要紧，因为在那一刻，我成了神——蛋糕之神——在那一刻，没有任何人可以阻止我。

辅助犬
是个大混蛋

领养傻狗几个月之后，我们一致认为狗带来的麻烦还不够多，于是决定去给傻狗找个伴儿。

我们到了收容所，工作人员热情接待："你们好，这里有各种各样非常棒的动物哦！"我们回答："啊不用了谢谢，请把这里最没救、最神经的怪物狗牵出来就好。"

工作人员带我们来到收容所深处的一个角落，那里有只脏兮兮的德牧串串（杂交品种），因为没人领养，她已经在这儿好几个月了。

　　工作人员说："这只狗什么东西都讨厌，什么事情都不懂。我希望你们打消带走她的念头。与其说她是条狗，倒不如说是头熊，真的。而且很不幸，她爬起两米高的围墙来简直就跟蜘蛛侠似的。"

　　于是我们立刻拍板："好啊，那就她了。"
　　我们当时非常乐观，觉得自己是能够和汪星人心灵相通的狗语者，一定可以用我们的神奇力量让这只新狗狗听话懂事，用实际行动来证明刚刚那些话全都是多余的担心。

事实证明，我们才不是什么狗语者。单看我们在傻狗身上吃这么多苦头就该知道，但我们当时觉得，哎呀，说不定是傻狗不懂狗语呢，傻狗不懂的东西还少吗。

不祥的预兆几乎瞬间蜂拥而至。

在回家的路上，我们开心地幻想着，说不定这只新来的狗狗可以帮助傻狗，于是就有了"辅助犬"这个名字，但她似乎对和我们交流不怎么感兴趣。

她的注意力全都集中在某样东西上，究竟是什么，我们无从知晓，但这只狗显然有自己的计划，一个因长期被关在收容所里而无法实施的计划。如今她重获自由，这个计划——不管具体是什么——就成了她唯一关心的事。而我们对她来说，只不过是达成目的的工具而已。

　　我觉得我们有点像布鲁斯·威利斯主演的电影里的出租车司机。布鲁斯·威利斯刚从监狱里放出来，九年的牢狱生活让他练就了一副渴望复仇的硬心肠，如今他终于重获自由可以实施自己的计划，在回家路上出租车司机却想要和他攀谈寒暄……他才不理会什么寒暄呢。时间紧迫，有更重要的事情需要思考，这些事情显然跟出租车司机没半毛钱关系。

　　当我们把辅助犬介绍给傻狗的时候，终于发现一条重大线索，有助于解开她的计划之谜。

　　傻狗身上有许多让她看起来不像狗的特质。她长得更像一只四条腿的海参。这反倒是件好事，可能是辅助犬容忍她的唯一理由。

　　我们观察发现，辅助犬坚信世界上除了自己不应该有其他狗存在。可惜事与愿违，现实让她充满了无法抑制的狂怒。哪怕只是其他狗存在的一丝痕迹，都会让她歇斯底里地尖叫狂吼。

　　但她也没有办法消灭世界上所有的狗，于是就把目标转换为，让其他狗全都不好过。一旦察觉到附近有乐呵呵很开心的狗，那她一定想尽办法让那条狗快乐不起来。

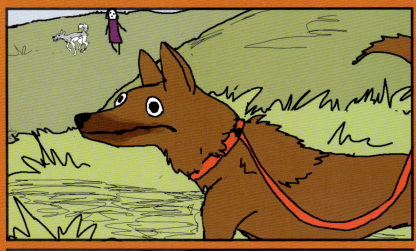

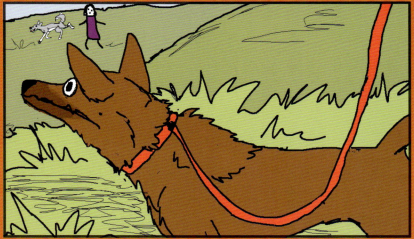

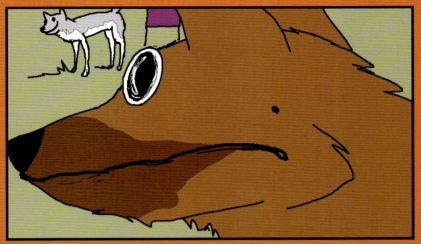

　　每当这个时候，别人都会恶狠狠地瞪我们一眼，心理活动如下："多可怕的主人才能养出这么狂暴的动物啊！我的狗就绝对不会这样。这种人就该拉去坐牢。"

　　不过，我们转念一想，好吧，这的确很棘手，但我们可以教她。

　　所有人都跟我们说："噢，训练狗狗很简单的啦！只要他们做了你喜欢的事情，立刻奖励点吃的就行了！"问："可是，万一他们从来都不做我们喜欢的事呢？"答："那就等到狗狗不再做你不喜欢的事，然后给点好吃的，就搞定啦！真的真的真的真的超级无敌简单！所有狗狗都适用，百分百管用哦，全世界都找不出一个失败案例。"

预想中的情况是这样的：

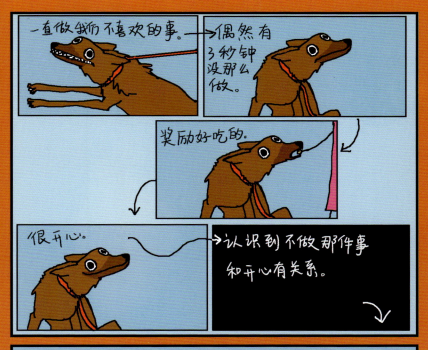

但事实是，我们只教会了辅助犬一点：如果她先做了某件我们讨厌的事，然后突然消停一阵子的话，就能得到好吃的奖励，吃完之后，她又可以继续做那件我们特别讨厌的事了。

我们试了又试，天知道我们花了多大力气，到现在也没有放弃。但不管是一对一小课，还是各种各样的合群训练、正向强化、及时纠正、专用狗绳、积极鼓励和心理技巧……就是没办法让她对其他狗狗的仇恨削减半分，也没能解决她的一些其他问题。不，不是一些，而是**相当多**的其他问题。辅助犬身上的问题要是能挨个儿叠起来，大概能堆到月球，然后恶狠狠地将月亮一把推开，继续延伸直到宇宙尽头。

　　你可能觉得，不就是狗吗，怎么会有那么多问题呢？狗能干的事，满打满算也就七八件吧。是的，一开始我也是这么想的。我还天真地以为，问题和问题之间应该会有点空隙吧——只要能有那么一丁点小小的快乐空隙，让我感受到一丝爱和感恩，那这一切付出就都是值得的。再不济，总还有睡着的时候吧。

　　可是她不睡觉。

　　甚至都不曾有过一刻是放松的。

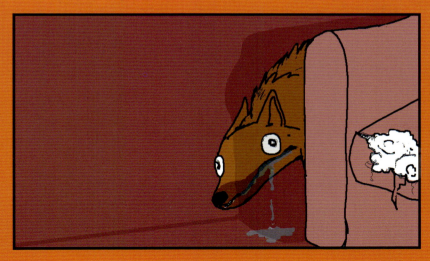

每天晚上，她就趴在房间的角落，像块木头似的一动不动，直勾勾地盯着我们看。

她瞪人的眼神确实让人心里发毛，但这并不是我们把她的床移到走廊去的原因。真正的原因是，邻居家的狗。

倒不是邻居家的狗干了什么——它的存在本身就是问题。每天清晨五点钟，存在感尤为强烈。辅助犬一察觉到它的存在，就会嘶吼着朝卧室玻璃移门拼命撞去。

　　接下来的三个小时，她会在屋里不停地踱步，发出呜咽和咕噜声，既然那条狗刚才就在外面，现在也一定还在什么地方。

    一连三晚都是这样，我们只好把她转移到走廊，那里既看不到邻居的院子，也看不到邻居家的狗。我以为这样一来问题就解决了，但她并没有乖乖待在走廊里，而是跑下楼，在后门埋伏，一整夜就等着邻居家的狗露面。然后，照常嘶吼着往玻璃门上撞。

    看来，这并不是什么意外发现邻居狗的存在导致的过度反应，而是辅助犬本身就是一只阴郁又神经质的狗、熊合成兽。她想要见到邻居家的狗，想要体会看见其他狗而产生的狂躁感。

第二天，我们买了一扇小门安在楼梯口，希望可以拦住她，彻底消灭她见到邻居狗的可能性。

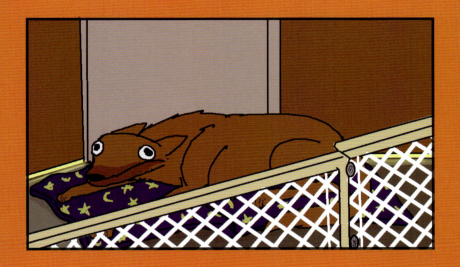

第二天清晨五点，我们被小门一路滚下楼梯的声音惊醒，过了五秒钟，耳边传来了辅助犬反复撞门、啃咬玻璃和怒吼的声音。

我们在门前挡了台吸尘器。辅助犬很讨厌吸尘器，但显然她对吸尘器的恨意远不及对邻居狗的仇恨，因为这天早上五点整，我们准时被小门、吸尘器和辅助犬一起滚落楼梯的声音给吵醒了。

我们用绳子把门牢牢绑住，让她没法再撞翻。她在门下的阴影里一直趴到早上五点，然后一跃而起，骨碌碌滚下楼梯，一切照旧。

我们又买了个台扇放在旁边开着，心想她大概是能听到邻居狗的动静，只要让她听不见就好了。

但她不需要看见或者听见，她靠感觉。我们把家里所有能派上用场的东西统统堆在小门前面，终于堆起一道两三米高的巨型城墙，成功地堵住了楼梯口，谅她也没法跑下楼去。没想到她改变路线，

死命来撞卧室门，最后我们只好把她锁在浴室里，反思是不是从一
开始就做出了错误的选择。

　　但是，尽管如此……

　　尽管辅助犬什么东西都讨厌、什么事情都不懂……

　　尽管我基本可以确定，她的心中因为充满仇恨，一丁点儿感受
爱的空间都没有了……

尽管她身上简直聚集了狗所能有的一切问题和麻烦……

外加一大堆她自己发明的独家麻烦……

但她仍然是我们家的狗。正因为她是我们家的狗，我们才能从这大海般广阔的可怕缺点当中，挑出那几乎无法察觉的优点，然后觉得她很了不起很可爱。因为，我们真的很想去爱自己的狗狗啊。

哦对了，意外发现：她在浴室里的时候，感觉不到邻居狗的存在。

抑郁·上

　　有些人有充分的理由抑郁，但我没有。我只是有天早上醒来，突然就感到一阵莫名的悲伤和无助。

　　毫无来由的悲伤，令人沮丧。假如有正当的理由，悲伤几乎是一种可以享受的沉浸体验。你可以听着伤感的音乐，想象自己是某部电影的主角，流泪望向窗外，心想：好难过啊，真不敢相信，这件事也太叫人悲伤了吧。我估计哪怕只是找个人来表演一下我的悲伤，也足以让一整个剧院的观众都泪如雨下。

　　但我的悲伤没有任何意义。听着伤感的音乐想象自己的人生是一部电影，只会让我觉得奇怪：电影里的角色怎么会没来由地悲伤难过呢？我理解不了。

　　从根本上来说，我等于被剥夺了自哀自怜的权利，这可是"悲伤"唯一的可取之处啊。

　　这几乎又成了足以自怜的一个理由。

　　闲着没事觉得自己可怜，一开始还挺来劲儿的，但很快我就厌倦了。可以了，我心想，乐子也找够了，该干点别的了。但是，悲伤完全没有要离开的样子。

　　我努力强迫自己不要难过。

但想要用意志力来克服这种抑郁带来的对什么事都不关心的悲伤，就好像是没有手的人试图用拳头狠揍自己直到手重新长出来一样。缺少了关键部分，这个伟大的计划是不可能成功的。

当我无法用意志力让自己不难过时，我感受到深深的挫败和愤怒。眼看没有退路，我绝望地想要夺回对自己内心的掌控，于是决定用羞辱来激励自己。

然而，因为抑郁，这个战术没能起到激将效果，反而让我越发怨恨自己。

这样一来我更觉得抑郁了。

然后我变得更加沮丧和恶毒。

就这样悲伤持续加深，循环往复，直到我表达悲伤的唯一方法变成了在地板上缓缓地爬行蠕动。

这种自我仇恨和羞辱其实已经没什么用了，但这时想要回头已经太迟，于是我只好将错就错。我无时无刻不在霸凌自己，以不断辱骂的方式描述自己的想法和行为。

　　我就这样把自己在家关了几个月，沙发上堆着脏衣服，我就坐在上面上网——抱着这堆衣服去洗衣机的路上我突然就觉得没意思，有什么可洗的，"过会儿再洗"，于是就这样把它们扔在了沙发上。结果半个月后，我还是没走完这段路。但是谁在乎呢？反正我也没怎么洗澡，坐在一堆脏衣服上也没什么不舒服的。就算真不舒服，反正除了自我厌恶，我什么也感觉不到，所以完全无所谓，**一切都已经无所谓了。**

渐渐地，我的各种感觉开始萎缩。在持续打击中勉强幸存的几种感觉，就像几只遍体鳞伤的小鹿，游荡在我灵魂的荒漠中，看着周围早已死去的同伴尸体，无奈地等待临终时刻的到来。

就连自我厌恶都已经提不起精神来了。

　　我就这样行尸走肉地过着，不知道心里是什么感觉，也不知道自己到底有没有感觉到任何东西。

　　假如我的人生是一部电影，那么这场抑郁的转折点一定会非常
励志，并且充满意义，包括"找到真实的自己"这类充满人生智慧的
彻悟。我会战胜心魔，从此过上幸福快乐的日子。

　　然而，我的转折点却是，租了几部电影然后一直拖着没去还。

　　眼看超时费用日渐增加，"如果再攒下去那得多冤枉"的念头
终于压倒了我的冷漠。我也想过干脆留着这几张影碟，大不了这辈
子都不去那家音像店了，但马上又想起来，自己还想再看一遍《勇
敢者游戏》。

于是我找了几件衣服套上，把碟片放进背包，开始了迄今为止最漫长、最不情愿的一次骑行。

终于到了店里，我发现竟然没有《勇敢者游戏》。

正当我一声不吭、可怜巴巴地扫视着碟片，纠结要不要租一部不是《勇敢者游戏》的电影回家凑合看时，我突然注意到几排货架之外，有个女人用怪怪的眼神看着我。

她那样看我，很可能是因为我看上去非常、非常抑郁，而且穿得像个落魄流民。

换作是平时，我肯定早就尴尬死了，但是这一次，我什么也没有感觉到。

我一直就想变得什么也不在乎。每当我因为鸡毛蒜皮的小事一头扎进枕头里无助大哭的时候，我常常幻想，或许有一天，我也可以成为那种坚忍的霸气人类，有着摇滚乐一样硬核的情感，无所畏惧。现在被情绪和焦虑轮番上阵折磨了一辈子之后，我终于、终于没有任何感觉了。最后一丝感受，已经被消耗在租不到《勇敢者游戏》的失望上面。

那一刻，我觉得自己坚不可摧。

于是，一场小规模反抗开始了。

要不然
租一部
恐怖电影。

租片都怎么样!

这些碟片和彩虹糖,
我全都要了。

然后，我像蝙蝠侠一样唰地蹿出音像店，趾高气扬地蹬着自行车回家了。

　　这就是我的抑郁故事，情绪跌到谷底，从一个极端走向另一个极端，反而成了我无所畏惧的外挂铠甲。

抑郁・下

　　我还记得小时候跟玩具一起度过的快乐时光，仿佛永远都不会厌倦。有时候，它们一天会惨死好几次；有时候，它们遨游太空，或是讨论我的游泳课，"去深水区玩玩肯定没问题，你可是狗刨泳姿小天才呀"。

我也说不清为什么会觉得有趣，但就是乐在其中。

但随着年龄渐长，那个能让玩具变好玩的超大幻想空间也离我越来越远。我还记得自己怔怔地看着玩具们，不明白为什么一切都和过去不一样了。

　　我重复起那些曾经让我开心的故事，但相同的情节却失去了意义。"小马太空大冒险"变成了手举一匹塑料小马，期待它能让我开心。"死亡巴士史前大暴走"不过是把一辆装满小恐龙的玩具巴士往墙上撞，除了无聊和不满足，我什么也感觉不到。我已经失去了和玩具之间的联结，再也不能体验其中的乐趣。

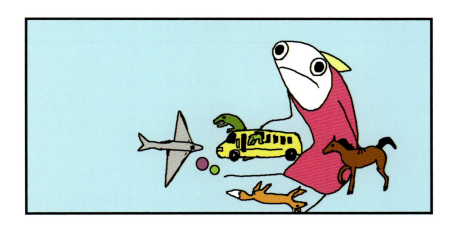

我抑郁症的下半场，差不多就是这种感觉，只不过把失联对象延伸到了"一切"。

一开始，这种对万物的疏离所带来的无坚不摧，让人感觉很爽——当然，是对一个已经没有真实情感的人来说。

这次抑郁开始的时候，我内心充斥的只有各种各样的情绪，所以随之而来的情感麻木多少让人觉得有些欣慰。我一直把情绪当作弱点，是我追求自控力这条路上的绊脚石。现在，我终于什么感觉都没有了。

但接下来，这一切很快就变得单调且含混起来，直到我清晰地意识到，"我不在乎"和"我没有能力在乎"之间有着极大的不同。尽管我知道自己在经历各种事件，但它们在感觉上却没有什么差别。

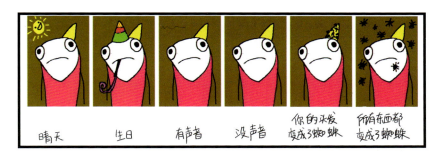

随之而来的是侵蚀灵魂的无聊感。

我试着多出去走走，但绝大多数娱乐活动只能让我对自己的存在产生怀疑，或是对自己无法玩得开心而感到郁闷。

几个月一晃而过，我逐渐接受了自己可能再也没法感受到"开心"这种情绪了，但我并不想让其他人知道。和别人在一起时，我还是会因为这种疏离感和无聊而觉得有点不安，同时还抱着一线希望：说不定哪天突然又好了呢？只要我努力不疏远别人，说不定一切都会好起来的！

　　但这时的我，已经不能靠真情实感来生成面部表情了。当你在社交中全程专注于操纵自己的面部肌肉，让它们尽量接近正常表情时，人们对你敬而远之就只是个时间问题。

所有人都注意到了。

　　对正常人来说，跟抑郁的人相处是件十分奇怪的事。他们努力想要帮你把感觉找回来，让一切恢复正常，但往往事与愿违，这让他们很受挫。他们认为，你绝对应该还有那么一丁点儿未开发的幸福源泉，只不过一不小心忘了在哪儿，只要让你意识到世界是多么美好……

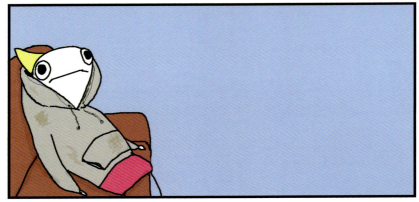

　　一开始，我还试着解释说，我并不是感到悲观或者难过，更多的是说不清道不明的麻木，对任何事都没有感觉，哪怕是曾经热爱过的、开心的事情。就这样，我变得极度无聊和孤独，由于失去了和那些可以让我不无聊的事建立联系的能力，于是就被困在了这样一个无聊、孤独、毫无意义的虚空之中，没有任何事情可以让我忽视它有多无聊，多孤独，多么没有意义。

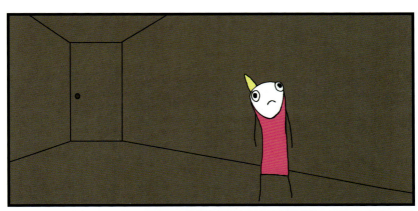

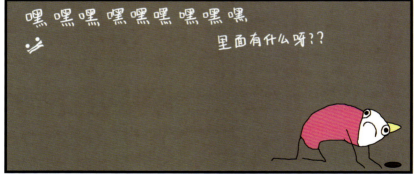

　　当然，大家还是想帮忙。他们更加努力地想让你对目前的情况感到积极和充满希望。你再次解释，以"有希望"为中心的方法似乎不太管用，但反复解释你"失去了感受快乐的能力"听上去非常消极，让人觉得你这样根本就是自己**想要**抑郁。于是各种正能量的内容又开始像喷水管一样瞄准你的脸发动，直到最后你不得不用无比奇怪的逻辑去说服他们，你已经丧失了怀揣希望的可能——只是想要让他们放弃这场"乐观战争"，让你能够重新一个人去面对无聊和孤独。

　　而这也正是抑郁最让人觉得挫败的地方：它并不总是可以用"希望"去战胜的，它甚至不是什么东西，而是"无"。你没办法和"无"作战，没办法填满它、掩盖它，它只是存在着，把所有事物的意义全都剥离掉。在这种情况下，一切充满希望的积极建议和解决方法听上去就是完全和问题相反的胡言乱语。

　　打个比方，就好比你有一堆死鱼，而身边的人谁也不肯承认鱼已经死了，他们一心想帮你找鱼，或者帮你找出它们消失不见的原因。

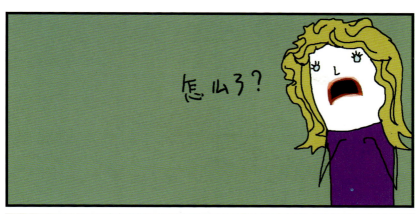

这个问题可能根本没有解决方法，当然了，你其实也不一定是想找解决方法，可能只是想听到有人说："你的鱼都死成这样了，我也非常难过。""哇，这鱼死得透透的了。不过我还是很喜欢你！"

我变得越发孤僻。

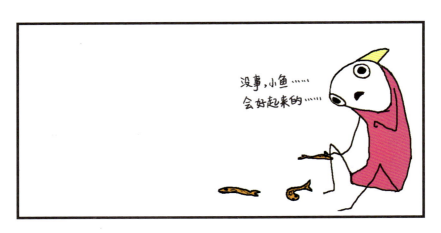

　　或许我没有足够的情绪可以用来恐慌，又或许这个困境似乎没那么夸张，不足以让我为此担忧，总之我竟然一直相信一切都在掌握中，直到某天我突然注意到自己心里想的是：假如这个世界上没有任何人爱我就好了，这样我就不会感到有义务活着了。

　　意识到自己不想活了也是种相当怪异的体验。如果我有感觉，当时一定会很惊讶。毕竟我这辈子绝大部分时间是在努力地活着。自从我最遥远的那个单细胞祖先扭动着来到这个世界，这条坚持活下去的链条就没有断裂过。

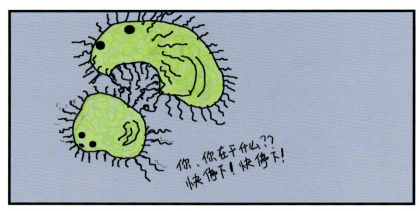

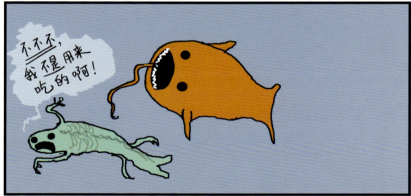

然而就算这样，我还是走到了这一步，单纯地想要停止存在，就像离开一个空房间，或是关掉难听又单调的噪音一样简单。

而这还不是最糟糕的。最糟糕的是，我决定继续坚持下去。

　　这里必须澄清一下，"决定不自杀是最糟糕的"，这句话并不是事后反思的结论。现在看来，这确实是一个靠谱的决定。但在当时，这个决定就好比是我强行拖着自己的身体跋涉过最凄惨、最广袤无垠的荒原之后，好不容易在远方看到一片稍微不那么凄惨的荒原正闪烁着希望的微光，有那么一刻，我觉得，啊，说不定，到了那里，我就可以停下脚步，好好休息一下了。可当我终于来到两片荒原的交界点时，却发现自己接下来要做的是转身回头，沿着原路再走回去。

很快我又发现，想要优雅得体地告诉别人你想自杀这件事，是不可能的。而且在这件事上，也绝对没有随随便便开口求助的方法。

我不想把事情搞大，但这毕竟是个令人担心的问题。刻意表现得满不在乎，只会让所有人都觉得不自在。

同时，对于安慰别人这项工作，我也完全没有准备好。有些事对我来说似乎还蛮安心的，对别人来说却很难感到宽慰。

我能体验到的感情非常非常少，别人却非常非常多，每次他们都像是把所有的感情都在我面前一股脑儿地宣泄出来。我真的不知道该怎么办，只好同意去看医生，这样大家就不会在我身上倾注太多感情了吧。

接下来的几个星期我只有模糊的印象，总之就是不停地向一些无比乐观积极的人描述我那些已经不存在的感觉，好让他们给我开药。或许这些药能让我再一次拥有那些感觉。

在很长一段时间里，每个方向还真的**都是**狗屁，尤其是往上看。拼命去做一件自己不喜欢的事，实在是过于荒谬。我越是努力想要感受一些不同，就越发觉得这世界上所有的事情可能真的都是毫无希望的狗屁。

最终，我的感觉真的开始逐渐回来了，但并不是所有的，而且也不均衡。

经历了很长一段时间没有感觉的生活，当我终于再次能对事情感到在乎时，我恨死它们了。但仇恨毕竟也是一种感觉，我的大脑立刻死死抓住这种感觉，就像一个小孩刚学会一个新单词那样。

　　仇恨让我更加无法忍受希望和积极。过于简单甜腻的乐观态度开始变得异常刺耳。

我完全理解你现在的感受……
……觉得自己脆弱、无助……
好像随时都可能破碎……

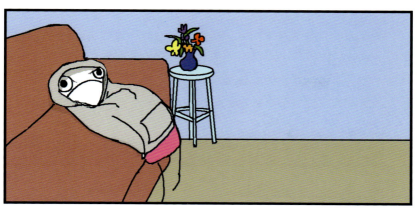

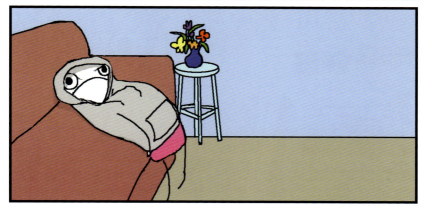

幸运的是，就在受够了仇恨这种感觉的时候，我重新发现了"哭泣"。只是"哭泣"，不是"悲伤"。纯粹为哭而哭。我的大脑还没有完全学会如何感到悲伤，就好像它开着一辆车，在学会怎么刹车和转向之前就直接把哭泣这种情绪带出去兜风了。

在这个阶段中的某个时间点，我正躺在厨房的地板上没来由地哭个不停。就像每次"躺哭"发作时那样，我目光呆滞地瞪着前方，觉得自己很奇怪。这时，透过眼前这片泪水和虚无，我发现冰箱底下有一颗小小的、皱巴巴的玉米。

至今我也不知道究竟发生了什么，可是当我看到那粒玉米时，心里有什么东西突然苏醒了，那个东西以我无法理解的逻辑迫使我发出了迄今为止最令人困惑的狂笑。我失控地笑着，几乎喘不上气来。

我完全不知道当时发生了什么。

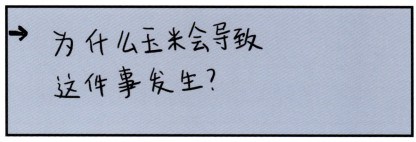

→ 为什么玉米会导致
这件事发生?

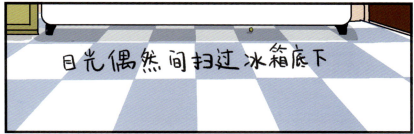

目光偶然间扫过冰箱底下

大脑忽略了更值得思考的问题，把所有注意力都集中到这颗小小的、无足轻重的玉米上。

我无法理解的事情发生了。

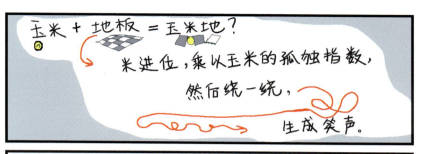

玉米 + 地板 = 玉米地?

米进位,乘以玉米的孤独指数,

然后统一统,

生成笑声。

大笑.

真是意外.

组成意外的元素让发笑
这件事形成了循环。

产生笑的
无限循环。

> 这颗不起眼的小玉米粒，
> 此刻成了全宇宙最最好笑的东西，
> 再没有比这粒蠢蠢的小玉米
> 更好笑的东西了。

显然我的大脑是把过去这十九个月里没能感觉到的幸福快乐全都藏了起来，然后在这一刻作为报复一股脑儿地全都释放出来。

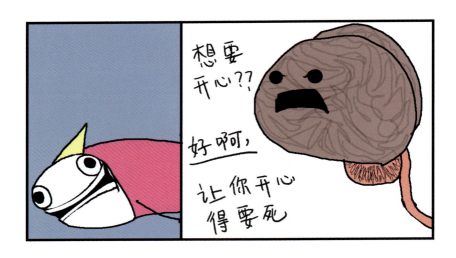

那颗玉米是我这辈子见过的最好笑的东西，但我无法解释它为什么好笑。连我都不知道它为什么那么好笑。假如有人问我："有没有一个明确的时刻，你的感觉稍微不那么糟糕了？"我无法给出一个感人的好故事，描述那些爱护我相信我的人如何始终支持我。我只有这颗玉米的故事，然后还必须想办法说服他们，真的很好笑。因为，你看，当时这颗玉米坐在地上的那个样子……看上去就很寂寞啊……

而它却只是那样坐着！总之，不管我费多大劲儿去解释，对方都会露出困惑的表情。那我是不是还得展示一下那颗玉米，看看他们能不能明白。他们当然不会，然后事情就会变得更加离谱和尴尬。

　　总而言之，虽然我想来一个积极向上、充满希望的结尾，但考虑到自己仍然被一层厚厚的"希望和积极都是狗屁"的情绪包裹着，我想，我只能这么说：没有人可以断言一切都会好起来，但是——不知道这么说对于除了我以外的任何人会不会有帮助——还是存在那样一种可能性：在某块地板上，躺着一粒小小的玉米，它会让你莫名

地狂笑，你无法解释，正如你无法解释自己为什么会抑郁一样。即便一切看起来仍然是"毫无希望的狗屁"，说不定它们其实并不是毫无希望的，而只是"毫无意义的狗屁""稀奇古怪的狗屁"，或者有可能，根本就不是狗屁呢。

我不知道。

但是，当你担心眼前那片凄凉、无聊的荒漠可能一直延伸到无穷远的时候，"不知道"的感觉有点像希望。

林中迷路

我们全家搬到爱达荷州北部的山脉后不久，有天早上我和妹妹刚睁开眼，就看见妈妈一身伐木工人的打扮，不耐烦地等在门外。

原来，昨天她半夜醒来，突然意识到：第一，她现在就住在广袤的大自然边上；第二，碰巧她参加过童子军，学过那么一点和大自然有关的知识。所以，她有必要带着自己的孩子走进自然，教她们如何与森林相处。

　　这是一个高尚的目标。

　　日出后不久我们便出发了，沿着条扭扭曲曲的上坡路一直走到一道护栏前，护栏另一边是数千英亩广袤的大自然。我们的狗狗墨菲——一只胖胖的不太听话的拉布拉多串串——小跑着跟在后面。

　　一穿过护栏，我们就不得不在矮树丛里开辟自己的路，俯身避开头顶的树枝，脚踩掉落的原木。妈妈试着教些知识，但我和妹妹只管像疯子似的四处乱跑，一会儿踢树，一会儿捡树枝扔鸟，一会儿又把各种不知名的植物从地里拔出来——仅仅因为我们是小孩，它们是植物。

将近傍晚时，我们俩已经疯玩得没力气了。

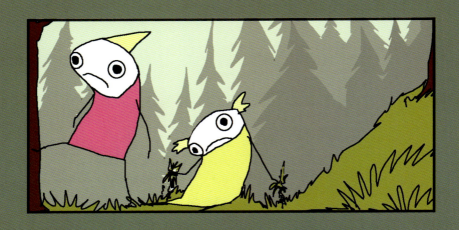

而一整天都拖着大木头跑来跑去的墨菲，看起来也有点累了。

　　妈妈本想带着我们原路返回，但是面对四周无数的可能性，她失去了方向感。

　　她试着相信自己的直觉，但在齐腰高的陌生草丛中跋涉了一个小时后，她终于接受了迷路的事实。带着两个小孩在森林里迷路，她彻底慌了。

　　妈妈不想让我们两个也害怕，所以就摆出一副是自己想要留在森林里的样子——玩得那么开心，怎么可以这么早就回家呢？当然啦，她要是想回家，完全可以回去。

　　妹妹问我们在哪里，妈妈一个有力的转身带着满脸灿烂的微笑说："在这片小小的沼泽地哦！是不是很好玩啊？！"

　　但是我和妹妹无法被这片小小的沼泽地激发出她那样的热情。

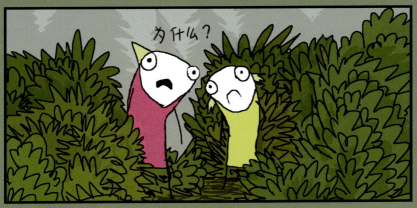

在这个关键时刻，她必须尽快想出答复，来维持这种"是我们自己想要待在森林里"的假象。

因为……
我们还没
捡够松果哦。

我们去找
松果吧!

　　我和妹妹不想找松果只想回家，但又有什么选择呢？领导想让我们去采松果，那我们也只好服从安排，希望可以尽快满足她的需求，然后赶紧回家。

　　我们大大地低估了这项任务的难度。

　　找到一堆松果后，我们一溜小跑到妈妈身边，问这些够不够？能回家了吗？她说："还不够，对了，小土坡那边可能有更多松果。"于是我们翻过土坡去找更多的松果。这时她又喊："哎！看到没有，墨菲在那片很远的草地上，那边肯定会有大得多的松果哦，我们去找找看吧！"然后她又想要颜色更深一点的松果，接着是重一点的松果，等等等等。

　　找了好几个小时，我们仍然无法满足妈妈那些离谱的标准，我和妹妹开始丧失希望。

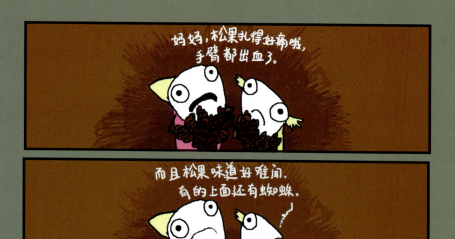

　　我妈必须要改变策略了。

那我们现在玩另一个游戏，名字叫作"谁喊'救命'喊得最多最响"。

但是这些松果怎么办呢？

我们花了几个小时在森林里仔细翻找，筛选出这些最大、最重、颜色最深、最干净的松果，满心期待着，或许只要找到最完美的那颗，妈妈就会让我们回家。可现在，这些我们付出血的代价找来的松果，她让我们统统扔掉！

虽然我们备受打击，完全不知道发生了什么，但还是听话地把松果拿到树丛边堆放好，而妈妈已经自顾自玩起了"谁喊'救命'喊得最多最响"的游戏。

这个游戏没什么意思，我们很快就失去了兴趣。

　　我们不明白她怎么会突然对这些蠢游戏充满浓厚的兴趣，她不知道天要黑了吗？

　　"求你啦妈妈，求求你求求你让我们回家。求你啦。"我们不断哀求着。她却只是看着我们说："我们都还没有玩过'走到土坡另一头看看那边有什么'呢。"

　　我们试图和她讲道理："妈，你肚子不饿吗？还有爸爸呢，你不想爸爸吗？"

　　但她依然不肯回家。

　　很明显，我妈已经疯了。在这种危急时刻，身为长女的我自然要担起主持大局的重任。但我也不知道怎么才能找到回家的路，所以我的选择也不多。

　　我默默分析了当前的局势，然后决定施行所能想到的唯一靠谱的方法。这是一步险棋，极有可能弄巧成拙，但我没有别的选择了。
　　我打算把妈妈从森林里吓出去。

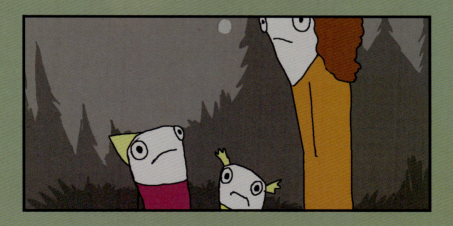

　　通常情况下，我没法用吓唬小孩子的故事突破一个成年人的防线。但就在前几天晚上，我妈以为我睡了，就看了《德州电锯杀人狂》。
　　不幸的是，我没有睡。当时我正躲在沙发后面。

并且把当晚看到的一切都铭记在心。

我说，妈妈……

　　试想一下，漆黑的夜晚你在森林中游荡，你八岁的孩子开始莫名其妙地描述起你前几天看的恐怖电影的情节，就你所知她应该从来没看过这部电影。这个情景还挺吓人的。但是我妈始终保持镇定——直到不知哪里传来树枝被踩断的声音，她猛地转过身来，大声尖叫："我们有条狗！"咦，难道她以为有墨菲在，就能挡住拿着电锯的杀人狂吗？

　　她承受不住了。一直以来她竭力隐瞒的无助感和挫败感，在这个瞬间喷涌而出。

她没办法再把这种假象维持下去。我们迟早会发现过去七个小时的冒险其实是没得选——和之前的认知截然相反——根本没有"回家"这个选项。当我们意识到这一点，恐慌也会随之而来。

　　她定了定神，用最温和的方式，公布了这个消息。

看着我们天真的小脸庞从充满希望变成一片空白、迷茫失措，然后因为安全感崩塌带来的惊恐而渐渐扭曲，这对她来说一定非常艰难。

最可怕的是，妹妹因为害怕，开始疯狂地乱哭乱叫。

墨菲似乎是察觉到什么不对劲，便叼起它能找到的最大的一根树枝，开始在草地上打着圈跑。

我妈静静地盯着墨菲看了老半天，终于说话了：

"可能墨菲认识回去的路。"因为墨菲是条狗，大概有什么天生的寻家本能吧，我妈似乎是这么想的。

于是她用缓慢又郑重的语调对墨菲说："墨菲……回家？墨菲回家？回家？回家，墨菲。回——家——"

我们期待墨菲能把握住机会，担当起英雄的角色。

但墨菲和《看狗在说话》那种电影里的狗大不相同，她满心在意的只是尽可能粗暴地对待嘴里的树枝。

尽管如此，她仍然是我们唯一的希望。

　　墨菲在接下来的几个小时里，依然只是漫无目的地瞎跑瞎转。但在虐待木棍的过程中，她有那么一回跑进了林子里——应该只是想要试试嘴里咬着木棍时撞到各种东西会是什么感觉——而她奔跑的路线正好经过一条老旧的伐木工人道路。我们沿着这条小路走到了一片开阔地，远远地看见山坡上有栋亮着灯的屋子。

　　屋子的主人是对年迈的夫妻，三更半夜听到敲门声十分紧张，但知道了事情的经过后，非常客气地把电话给我妈，让她打给爸爸。

　　最后，我们终于回到了家。

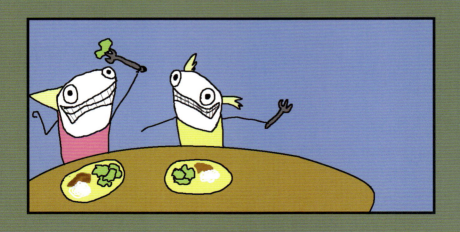

当然，我们最后还是没有回去拿松果。

狗狗无法理解的
基本概念
——搬家

把你的所有东西打包装上一辆小货车，一路运到好几个州之外的地方，这件事所能带来的压力和绝望，基本上就和身后有岩浆而你却穿着潜水脚蹼逃跑差不多。

就在上个月，我和男朋友邓肯从蒙大拿州搬到了俄勒冈州。尽管我们两人也都尝尽苦头，但跟我们的两只狗狗所经历的困惑和不安相比，这根本不算什么。

我们刚开始收拾行李，辅助犬立刻就察觉到有什么不对劲。我发现她只要稍微碰到点不确定的事，就格外夸张地贩卖忧伤。她开始四处跟着我，每隔一会儿就扑通一下躺倒在地，姿势无比幽怨，大概是想暗示，她都这么难过了我却还只顾着收拾行李，我怎么可以这么自私。

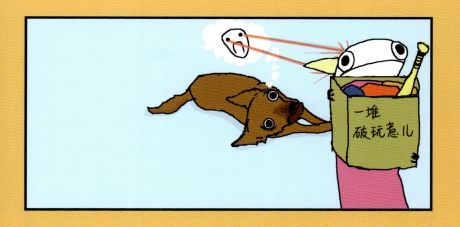

　　当她发现对我发射的触动灵魂的忧伤并没有让我停下打包的动作时，越发感到不安起来。接下来的几天，她渐渐地陷入了精神上的极度混乱。傻狗则始终不为所动。

　　不幸的是，我们花了将近一个星期才把所有东西都打包好。等我们终于准备开始前往俄勒冈州的两天车程的时候，辅助犬已经不安到了极点，每分每秒都在确信自己马上会死掉。一路上她都流着口水抖个不停。

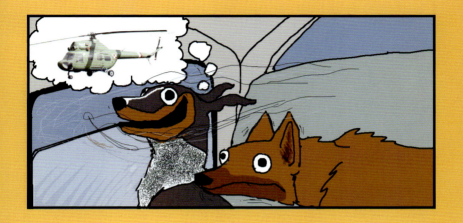

傻狗倒是颇为享受这次出行。

尽管她一路上吐了七回。

　　她似乎很喜欢呕吐。在傻狗看来，呕吐就好像是刚发现的一项超能力，从此她这辈子都不用再愁没东西吃了。对于这个发现我没有那么兴奋，因为我的狗就这样变成了一台可怕的无限循环呕吐永动机。一旦听到她在后排开始干呕的声音，我就得立即停车下来处理，免得她重新把胃装满开始新一轮的呕吐循环。

但对于傻狗而言，她确实觉得这是她这辈子最开心、最刺激的一天。

直到夜幕降临，我们准备停车过夜的时候，傻狗才反应过来，自己大概是有什么事需要担心一下的。然后到了凌晨两点，她终于意识到情况有点不对，需要惊慌失措一下。

这条狗的问题解决能力，只能说与"优秀"两字毫不沾边。事实上，她碰到任何问题都只有一种可以被认为是解决方法的行为，而且这简直都不能算是个方法。

　　但假如你面对的问题是"自己完全无法适应任何变化"的话，扯着高音叫几声是绝对解决不了的。可惜傻狗对此毫无概念，她只管自己在那儿没完没了地发出噪音，音量还正好吵到让你无法入睡。

　　我们花了一个小时努力安抚傻狗，最后全都失败了。她不间断的高音呼救成了一个大问题。

　　我试着告诉傻狗，这样我不开心，但一般来说和傻狗的交流都是这个样子的：

　　如果她觉得有必要，这个声音可以永无止境地发下去。我们什么招都试过了：从抱着一起睡到把她锁进浴室，完全没有作用。

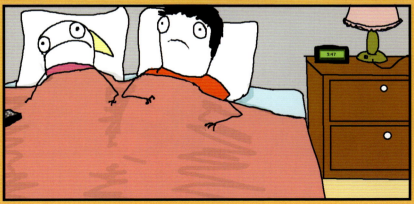

傻狗就这样叫了整整一宿。当我们重新把两条狗带回车上准备出发的时候，傻狗持续不断的尖锐高音终于让辅助犬崩溃了，她凄厉地哀号起来。傻狗被她的声音吓了一跳，"啊呜"一声尖叫，这下辅助犬更慌了。如此反复，两条狗就这样你来我往地发出这堆完全没必要的噪音。

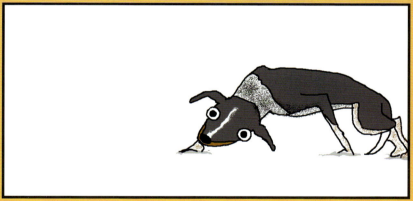

　　当我们终于到达新家的时候，两条狗总算是冷静下来一点。可
是万万没想到，前一天夜里下了场雪，而就是我们新家草坪上的这一
点点积雪，再一次让两条狗同时陷入歇斯底里的疯狂。

　　傻狗不是从没见过雪，就是已经忘记雪长什么样子。当我们把
她从车上放下来时，她正常地走了大概七秒钟，终于注意到雪，然后
大脑就短路了。

一开始，傻狗见到雪似乎很兴奋，满院子撒欢转圈，就好像自己是狗狗游行中的主角一样。不久前的犬生大危机此刻完全被兴奋劲儿给盖了过去。

她先是蹦跶，接着大跳，然后就地打着小圈胡乱跑来跑去，最后总算停下来，只顾呆呆地瞪着地面不动——就在这个瞬间，她的神态整个儿改变了。傻狗似乎这才意识到，自己不了解雪是什么东西，四周全都是这个自己搞不懂的玩意儿，她是不是应该害怕一下。

于是她又开始发出嘤嘤的噪音了。

辅助犬则理所当然地把雪看成了自己快要完蛋的征兆。但她已经因为担心各种其他的征兆而累得筋疲力尽，于是干脆缴械投降，准备平静地迎接死亡。她趴着身子半埋在雪里，抬眼怔怔望着我们，眼中满是痛苦和无助，似乎认为这些雪是我们为了让她难过而特意召唤出来的。

我们合计了一下，认为最好还是把她们带进屋里去。

作为在室内养狗的交换条件，我们向房东太太承诺，绝不让狗狗抓坏木地板。因为过去她们从没抓过地板，我们也就没放在心上，谁知两条狗刚一进屋，瞬间就变身成为"鬼斧神工"的地板毁灭机器。她们开始毫无来由地尽全力加速飞奔，然后又为了不撞到墙上而各种团团打转。

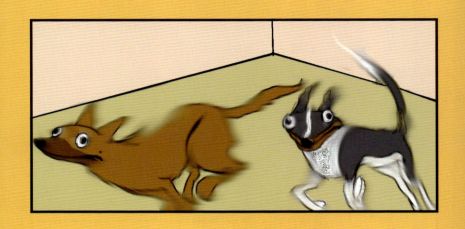

　　我们好不容易才把她俩赶进卧室，锁上门，这才有了点喘息和思考的时间。在给屋里铺上地毯，或是说服狗狗们不用拼命乱跑之前，得想个办法出来，不让她们抓坏地板。最后，我们去宠物商店买了两套雪橇犬专用脚套，这是当时能想到的唯一办法了。

　　不难想象，一条刚刚经历了天翻地覆的变化、惯常的安稳生活被打破的狗，突然又发现自己的四只脚上多了个奇怪的东西，心情大概不会太好。给两条狗穿滑雪脚套，基本就是这个情况。

　　辅助犬惊慌失措，拼命想要用牙把脚套给撕下来。

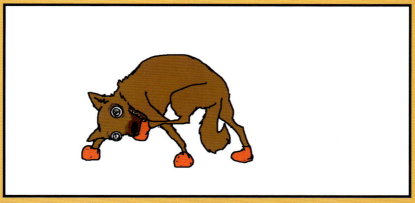

我训斥了她一句，她的反应就好像这辈子都被毁掉了。

但至少她因为自哀自怨而动弹不得，所以也就不去啃脚套了。

傻狗则呆呆站着不动，一脸困惑地看着我，表情仿佛是在说，她已经不知道自己还有腿了。

脚套总共穿了两天。在这两天里，我见识到了有史以来最集中的无病呻吟。傻狗绝大多数时间都站在房间正中央，摆出一脸受伤和不解的表情，辅助犬则坚决不肯正常行走，而是像条死鱼似的在屋子里扑腾来扑腾去。

目标

　　而且这无比煎熬的两天还时不时穿插着傻狗尖厉的叫声。
　　我们开始怀疑这两条狗是不是已经彻底崩溃了。无论如何，她们都不愿接受事实——我们只不过是搬进了一个新家，不是什么死亡集中营，我们也并没有想要用她们的内脏献祭给邪神。不管我们如何费尽力气，她们还是迷失在恐惧和困惑的苦海，偶尔的清醒只是为了露出一点可怜样儿。

在拆包整理行李时，我们翻出来一个别人送的吱呀乱响的玩具，随手扔给了两条狗玩。现在回想起来，这可能是一个错误的决定。

因为，当傻狗发现只要用力挤压一下这个玩具，它就会发出声音时，她立刻忘了这辈子所有的烦恼和疑虑，一遍又一遍地猛扑向玩具。我们完全无法理解她是怎么突然从极度的悲伤中一下就变成这副样子的。

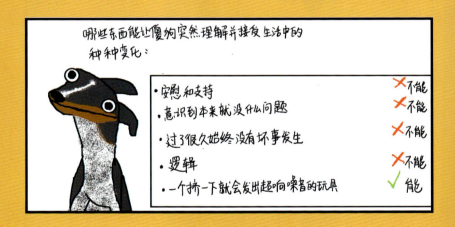

好吧，至少她又开心起来了。

辣酱之灾

在我童年性格形成期的某个重要阶段，我偶然显露出了能吃辣的技能。

客观来说，这完全没什么了不起的。属于那种，值得默默赞许一下，然后就永远忘掉的事情。不过，这还是我头一回展现出类似特长的能力，于是这件事被过分夸大了。

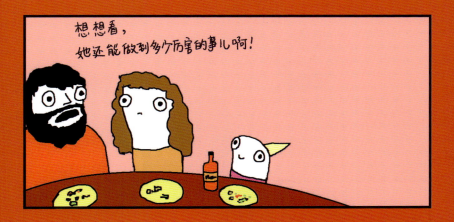

第二天上班时，我爸略微夸张地描述了这件事。

不幸的是，我爸有一个叫迈克的同事，正是以能吃辣而闻名。事关名声，他当然不愿意被一个小孩子给比过去，于是就开始和我爸攀比起来。

　　于是事态迅速升级。到了这一天下班的时候，我爸已经在不经
意间为他八岁的女儿和一个四十五岁的男人约下了一场吃辣大比拼。
　　我感觉我妈是不太愿意我去干这件事的。她象征性地表示了反
对，但是随后又觉得……

……说不定这件事能让我培养一点自信呢。

爸妈决定征求一下我的意见。

我仔细地考虑了一下这个问题。

　　此时的我，好胜心还没有发育完全，但是和大多数小孩一样，都渴求能得到大人的关注和认同，所以当这两样东西摆在面前时，我并没有挑挑拣拣的余地。

比赛定在下一个星期五。迈克带来了他的得意武器——哈瓦那辣酱。我们定好比赛规则，双方同时开吃辣酱，越吃越多，哪一方撑不住了就算输。

我还记得当时自己完全没料到辣酱会这么辣，但这还是我第一次有机会"赢得"一场比赛，而且我也很想让爸妈为我感到自豪。我下定决心，宁可让嘴巴熔化，也绝不要面对失败的耻辱。于是我强装出一副完全不在意整张脸都在燃烧的样子，坚持继续比赛。

没过多久，迈克的表情就不太对劲了。

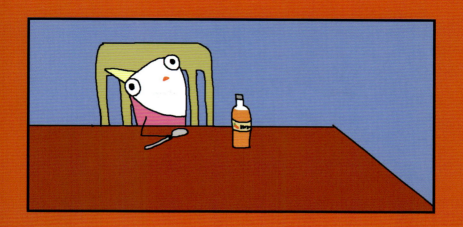

出于自尊，他也坚持了非常久。但迈克说到底是个成年人，即便遭遇失败，也还有很多别的技能可以倚仗。而这恰恰是他的弱点。

吃下第六勺辣酱后，他的意志力开始出现裂痕。

所有人都对我的表现大为诧异，说不定我真的有什么特别的天赋呢。我被大家的赞许弄得有点飘飘然，就稍稍卖弄了一下。

在那个短暂的瞬间，我感觉自己已经成了一位超级英雄。如果一切在这时就结束，那么这段经历将会成为我一生中都能排得上号的大胜。

但一切并没有就此结束。

我的这项"天赋"，逐渐成了聚会上的才艺展示。聚餐的时候，一旦没了话题，我爸妈就会拿出这件事来说。

　　一想到如果坦白，大家就不会再把我当成什么吃辣天才，我也就一直没有对此表达过异议。

　　久而久之，误会越来越深。爸妈开始真的相信，我在这个世界上最喜欢吃的就是辣酱，要是我哪次不小心"忘了"往自己的食物里加辣，他们还会善意地提醒。时不时地，他们就要买一点更新、更辣、更奇怪的辣酱回来让我试吃。那一年圣诞节，圣诞老人给我的礼物就是整整一箱的辣酱。

　　身为小孩，圣诞玩具变成了这些装满痛苦的瓶子，我自然悲痛欲绝。但这绝不能让任何人知道。尽管坦然承认失败的念头已经不再那么可怕，但一切都太迟了。吃辣这个"特异功能"装得太久，久到现在再去辩解，显得过于尴尬和诡异。只好把这个假象维持下去。

　　可是，每装一次爱吃辣，就加深一次家人对我这个特质的印象。不管是远房亲戚还是爸妈的朋友，所有人对我的了解，几乎都要从我这份对于辣酱的痴迷开始。

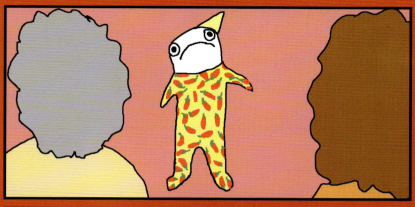

　　不管和辣酱的联系有多离谱、多牵强，我硬是承受住了这一切，始终都没有把真相告诉过任何人。

　　请允许我现在宣布：

　　亲爱的家人们，还有那些因为我家人的误导而坚信我对辣酱有着如千根墨西哥辣椒般滚烫炽爱的朋友们，事实上：我撒谎了。这一切都是装出来的。我对辣酱只有普通的喜爱，而且还是硬逼着自己吃了二十多年才吃出来的。或许你永远无法理解，为什么能有人为了这么微不足道的小事连着撒上二十年的谎。我只能说，起因很渺小，事态很失控，就连我本人，也和现在的你一样感到莫名其妙。

这就是为什么，我永远也当不了大人

我曾多次以实际行动验证：千万不要承担超出自己能力范围的责任。随着年龄渐长，我的承受能力也有所增长，但超负荷承担的后果却从不曾改变。

通常，这种超负荷都有一个过程，是在众多日常任务中不断堆积起来的。

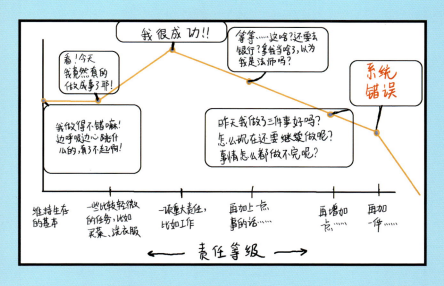

但是每年总有那么几次，我会突然决定，啊，我已经准备好做个真正的大人了。我不知道这样的决定从何而来，因为每一次的结局

都无比惨烈，但我还是一次又一次地重复这个循环。我会坐下来，对自己说，嗯，接下来我会每天打扫房间，准时交水电煤气的费用，决不让邮箱里的未回复邮件数量达到四位数。我买来崭新的每日计划表，囤积起大批华丽的食材，立志从此不再每晚只吃墨西哥玉米片，而要真正开始烧菜，变身当大厨。为了开展崭新的成人生活，我所做的准备，基本上和其他人为世界末日做的准备是一个规模。

新计划的头两天，一切都还比较顺利。

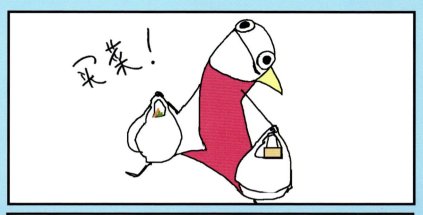

　　在这段短暂的时间里，我真的感觉到自己已经成为一个有责任有担当的大人了。我昂首阔步、用会意的目光看着其他有担当的人们，用眼神对他们说：我懂的。我也已经是个有担当的人了。只要看看我买的这些菜就知道。

　　然后，我就会洋洋得意起来。

这显然是个错误。

我开始觉得自己已经实现当初立下的目标了。"成为大人"这件事对于我来说，就像是个奖杯，爆发性地努力拼搏一下之后，拿到就算完事儿了。

这边这个，就是我的担当了。

我25岁的时候赢得的。

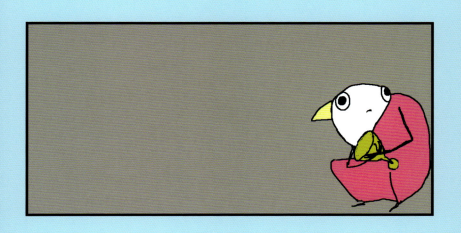

　　接下来比较常见的展开，就是我的精力彻底耗尽。既然担当已经赢到手，我很自然地想给自己一点偷懒的时间来恢复一下。恰恰因为这几天我承担了那么多远远超出自己能力范围的事儿，自然需要比平时更多的时间来恢复。负罪感的恶性循环，就这样开始了。

　　我拖延不去回复电话和邮件的时间越长，就越发有负罪感，而这份沉重的负罪感让我更加想要远离手头的任务，于是负罪感和拖延就此你升我涨。到最后变成，我害怕回邮件这个举动会提醒他们曾经发过邮件给我，那他们就有理由对我失望了。

　　由于不负责而产生的负罪感变得越来越沉重，就连承担起这份负罪感都成了一份极为重大的责任。于是，我的精力很大一部分都必须用在"承担负罪感"上，这让我彻底失去了一切行动力，唯一能做的就是吃吃玉米片，然后像只犯了多动症又嗑了药的松鼠一样上网。

　　在这种无尽下沉的恶性循环中，我不得不把全部的精力统统集中到"重新当个大人"这件事上来，以期能够挽回败局，把自己从眼前的困境中拯救出来。问题在于，我每一次想要长大成人的努力，都是从上一回的惨败之后开始的。在反反复复的筋疲力尽之下，失败是必然。

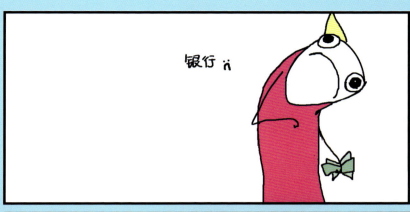

每一次都是同样的结局：萎靡不振、形容枯槁的我，面对眼前看似无穷无尽的任务，陷入沉思。

然后，我开始反抗。

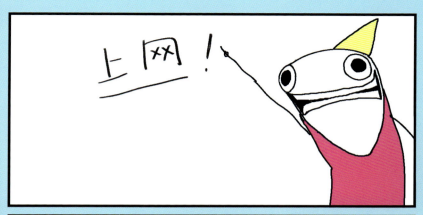

鹦鹉

这个玩具鹦鹉，是爸妈的一个朋友送给我们的。她要么完全不懂小孩，要么是和我爸妈有仇。

请在脑中想象出一头灰熊。然后再想象一下，这头灰熊不知出了什么意外，竟然长出一对翅膀，并且还学会了如何使用火焰喷射器。这也太犯规了，要知道，熊就算没有翅膀和火焰喷射器，也已经非常厉害了。

同理，小孩子本身就已经够烦人的了，并不需要一件能够录制并重放任何声音的玩具来"如熊添翼"。

我们收到鹦鹉后，立刻开始滥用这个玩具。

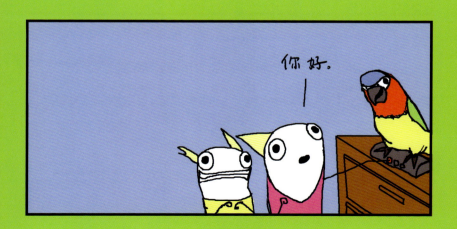

231

突然之间，每一种声音都充满了无比精彩和新鲜的可能性。

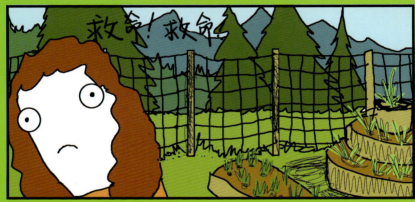

玩具鹦鹉让我们姐妹俩体验到了前所未有的力量感。

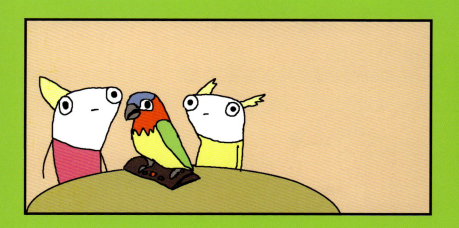

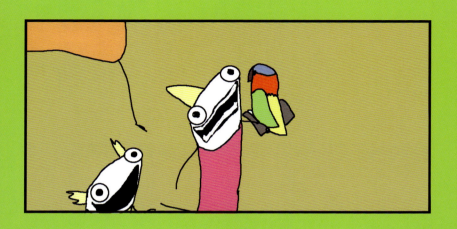

　　爸妈大概是希望我们玩上一阵子就烦了不想玩了，结果却事与愿违。

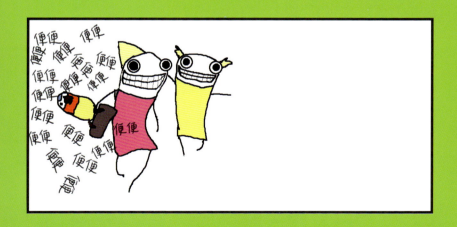

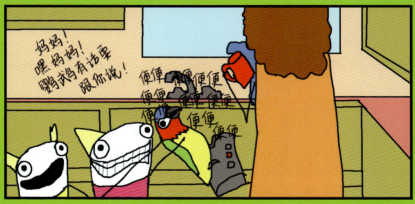

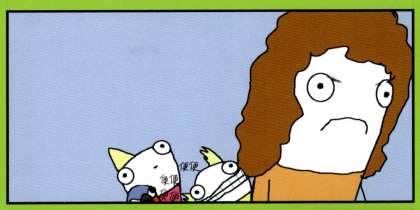

　　然后突然有一天，鹦鹉再也发不出声音了。

　　之前有几样别的玩具也遭遇过类似的命运，尤为可疑的是能够播放各种音乐的"节拍达人"和一个叫作"疯狂麦霸圣诞老人"的东西。而且，和那两件玩具的情况一样，妈妈不知道怎么才能把鹦鹉修好。

爸爸也同样无能为力。

　　除了爸妈之外，我们认识的住在附近的成年人，就只有那个有点疯疯癫癫的婶婶劳莉了。劳莉婶婶一向心灵手巧，果然一下子就找到了症结所在。

　　现在想来，她应该已经知道这个鹦鹉坏掉并不是什么意外，但还是把它给修好了。或许她只是想看看后果如何吧，毕竟我们的劳莉婶婶一向唯恐天下不乱。

　　这个时候，爸妈还完全不知道鹦鹉已经修好了。这意味着我们拥有了一次难得的"作战机会"。
　　我们用鹦鹉录下了自己能想象出的最奇怪的声音……

然后，我们开始等待时机。

　　回头想想，这算不上是个多聪明的计划。甚至可以说，这个计划完全不符合逻辑，而且我们从一开始就知道绝对不会有什么好下场。一旦被发现，肯定难逃惩罚。但当时我们并不是按照逻辑来行动的，我们的动机是更加深层次的东西——在我们心里，有一份无比急切的欲望，似乎就是想看一看自己究竟能讨人厌到什么程度。

　　在那之后，我们再也没有见到过玩具鹦鹉。应该是被烧了，或者是被愤怒地扔到了什么高速行驶的车轮底下吧。玩具鹦鹉就像是恐怖故事里那种被诅咒的圣物，只有彻底摧毁、灰飞烟灭，我们才能摆脱它。

　　不过，我们很快就找到了一件替代品。

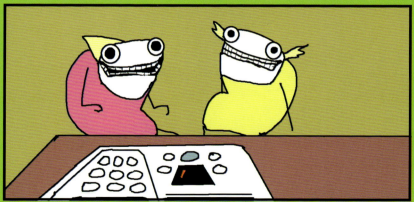

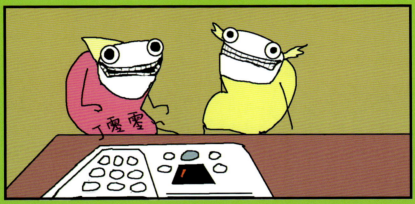

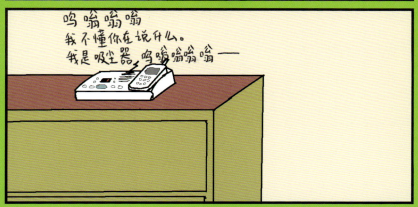

恐龙

（也就是鹅的故事）

我和邓肯正在看恐怖片，突然传来了奇怪的响声，像是金属相互摩擦，跟电影里的恐怖音效混在一起，听起来瘆得慌。

更瘆人的是，当屏幕上的内容已经完全不吓人了，怪声却仍在继续。

　　我根本不打算去探查声音的来源。看过恐怖片的人都懂的，去调查怪声的人一定会死。

　　但随后，邻居家的狗开始嘶吼嚎叫起来。

　　我看了看邓肯说："你听见没有？"他说："听见什么？"我说听上去像是有什么东西在谋杀邻居家的狗。他让我别犯傻了，八成只是狗在玩闹而已。

　　但我十分肯定出了什么差错。

　　我小心翼翼地来到门口，满脑子都是门后面可能出现的种种凶险厄运。

　　狗的叫声戛然而止。

　　我定了定神，做好看到开膛破肚场景的心理准备，打开了门。意外的是，门外没有任何暴力迹象。我踮着脚挪进院子里，扫视着四周的黑暗，想要寻找怪声的源头。

　　邻居家的狗已经跑开了，但随着我一步步接近院子的角落，眼前一个黑黑的轮廓逐渐清晰起来——

　　一只鹅。它在黑暗中大摇大摆地踱着步子，时不时啄一啄地面。我正盯着它看，就听见它发出一阵金属摩擦般可怕的噪声。

　　原来怪声只是鹅在嘎嘎叫而已，我不由得松了一口气。

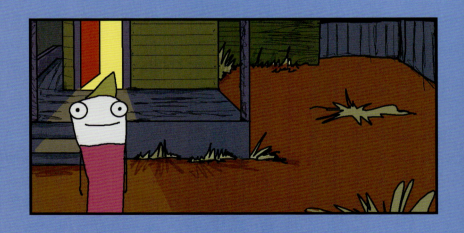

　　但随后，一段童年的回忆浮现在我的眼前。

　　我想起来了。鹅大多都是可怕的神经病，会突然没来由地变得极端暴力。

　　然后我又马上意识到，这只鹅很可能就是刚才邻居家的狗惨遭毒手的元凶。

我想要在它发现我之前悄悄溜回屋里。

但是太迟了。

它看到了我。

然后向我飞扑过来。我朝后一个踉跄。

鹅摇摇摆摆地从我身边绕了过去。我正想松一口气，却发现自己出来时没有把门关上。我的心一沉。

　　如果你正安安静静地坐在沙发上，等着女朋友回来继续把电影看完，这时有人告诉你："如果你能猜到接下来会发生什么事，那这一百万就归你了。"你无论如何也不会给出"在自己家里被一只鹅莫名暴扁一顿"的答案。就算猜上一百次，也绝不可能猜到这个结果。

而邓肯，就遇到了这样的事情。

  我跑回屋里时，看见他被鹅追得满屋乱跑，一边喊"救命"，一边抓起手边的东西朝鹅乱扔。

  我从来没有把鸟类当回事，它们看上去就是人畜无害、呆头呆脑的生物。说到鸟的特点，就会想到飞翔啊唱歌啊，多可爱。读书时虽然知道了鸟类是恐龙的直系后裔，但我一直都觉得这两者没有什么相似的地方。可是，当我走进客厅，看到这个怪物追着邓肯乱跑时，我终于意识到——那食肉动物般凶恶锐利的眼神，那机器人般忽断忽续的动作，不正和小时候看的纪录片里的恐龙一模一样吗？

鹅突然停下来，慢慢地将它那有如爬行动物的视线移到了我这边。这一瞬间，我清楚地明白了远古时代被捕猎的小剑龙的心情。我吓得不敢动弹，轻声问邓肯："糟糕，我该怎么办？"

邓肯说："天啊，我也不知道，怎么会发生这种事？我不明白为什么会发生这种事！**为什么我会遇上这种事啊？？**"

在室内想要顺利闪躲很不容易。你当然可以大步流星直线冲刺，但没多久就会有墙壁或是家具挡住去路，假如你还想逃跑，就不得不转过身来直面追击者。于是你就会像弹珠一样，在障碍物前来回折返，试图制造一些空间来逃出生天。跑的时候，你会往身后乱扔各种东西，以期能够阻碍追击者。但是归根结底，除非能把正在追你的东西给困住或是击倒，否则你最后还是会被追上的。

刚入冬的时候，为了让客厅暖和点儿，我们在客厅通往厨房的门洞上挂了一块毯子。现在，这道幸运屏障成了一项战术优势：我们成功地把鹅诱进厨房，然后重新放下毯子，把它困在了里面。

追逐停止，客厅一下子变得格外安静，我们茫然地看着毯子覆盖的门洞。厨房的灯光把鹅的影子清晰地映照在毯子上。

"该拿它怎么办？"邓肯问我。

我说："它这下要住在厨房里了。"

他沉思片刻说："那我们也不能从此再也不进厨房啊。"

我提议把鹅困进地下室，但这个方案显然不够现实。必须想办法把鹅赶到离我们家足够远的地方，远到它再也找不回来。

没等好好思考一下要怎样完成这项艰巨的任务，我们突然发现，鹅的身影正在毯子上越变越大。

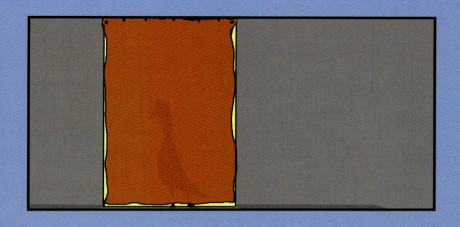

它正向我们逼近。

我们惊恐地看着它用嘴戳毯子，试探能否穿过这道屏障。

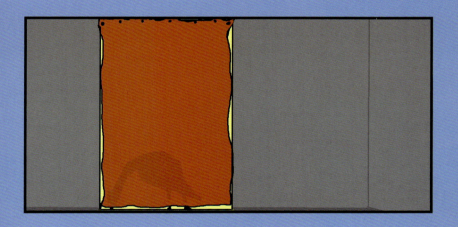

眼前这一幕，十分诡异地让人想起《侏罗纪公园》里那场厨房戏：曾经熟知的藏身之处成了一只猛兽的猎场，而被追逐的人们则魂不守舍地蜷伏在地。

一阵不祥的停顿之后，毯子底下，探出了鹅头。

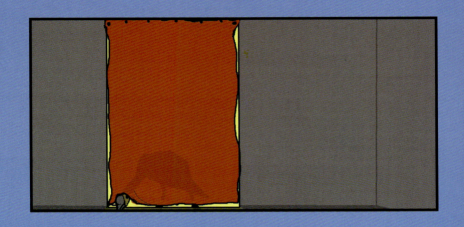

　　我们紧张得无法动弹。鹅的视线缓缓扫过整个房间，最后落在我们低伏的身影上。

　　它一摇一摆地向我们走来。我们赶紧往楼上跑，跑进二楼卧室，把门狠狠一关，然后背靠着沉重的房门，上气不接下气地听着鹅在门外啄地板。

　　我们一声不吭地坐着，不知道接下来该如何是好，只有窗口的台扇嗡嗡作响。过了许久，邓肯轻轻地说："我们可以拿张毯子把它盖起来。"

　　我说："这间卧室挺大的吧？我们可以一辈子都住在这里不要出去。"

　　但我心里知道，有些事情非做不可。

　　我们拿起一条鸭绒被，一直等到门外再也听不见鹅的动静，这才把门推开一条缝，悄悄地往昏暗的走廊里瞥了一眼。

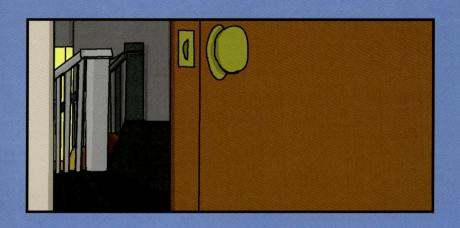

　　鹅不在外面。

　　于是我们蹑手蹑脚地走下楼梯，全程都把被子当作护盾举在身前。楼梯每发出"吱呀"的一声，我们都在心里做好了鹅从暗处蹿出来把我们啄死的准备。但是始终都没有鹅的踪影，这反而让气氛变得更加诡异，仿佛这份宁静每多持续一秒钟，随后到来的腥风血雨就会更可怕一分。

　　直到绕过墙角，我们才在客厅里发现了鹅的身影。它正四处踱步，一丝不苟地用嘴啄着我们家的所有财物，仿佛是在宣布：这个东西现在归我了。这个也归我了。这个也归我了。这个也是。没错，这里的一切都是我的。

　　从门口远远望去，我心中一股无名火起：这只鹅以为自己是谁啊？它以为自己可以就这样大摇大摆地走进我家，见人就咬，然后还把我的沙发和影碟机当成是它的东西吗？

　　鹅要影碟机有什么用！这完全无法接受。

　　我举起手中的被子扔了过去。鹅在奇袭之下没能做出反应，被子如同一张网把它罩个正着。

　　鹅在被子底下搞不清状况，只是来回摆动着脑袋。

　　趁它还没逃出来，我们赶紧上前把被子扎好，然后搬到车上。在镇子的郊外有一个养鸭塘，这只鹅在那里应该可以过得不错吧。其实是我们实在不想把它放生在离家太近的地方，风险太大。

　　邓肯打开车的后门，我把鹅塞了进去。它在被子底下拼命挣扎，宛如一条被渔网困住的鲨鱼。

　　我们一声不吭地开车上路，沿途经过无数漆黑的窗户和昏暗的门廊，最后终于到达了城镇的边沿。

有个都市传说是这样的：

有个女司机上车时不知道后排藏着一个连环杀手，直到她抬头看后视镜时才发现后排有人，然后杀人魔就把她给杀了。

这个故事害我做了将近十年的噩梦。

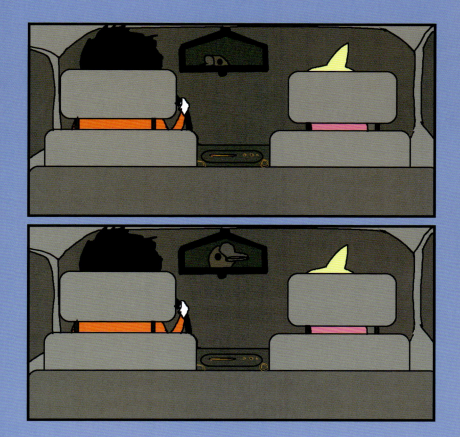

我自己一个人晚上开车时，常常会想起这个故事。每次我都吓得要死，必须得停下车仔细确认后排没有人才行。

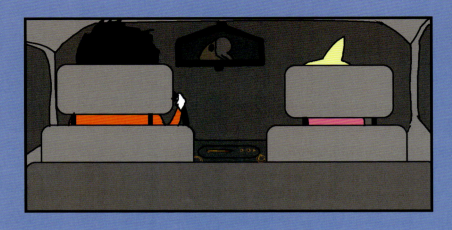

　　要不是因为后排车窗里有一缕微弱的月光照射进来，很可能当我注意到鹅的时候，一切就已经太迟了。

　　鹅的脑袋探了出来。

　　我从后视镜中用眼角的余光瞥到了它的轮廓。

　　脑海里最本能、最深处压抑多年的恐惧，此刻喷薄而出。我慌乱地从仪表台的杂物箱里抓出一把刮冰铲，差点都没拿稳，然后放声尖叫：**"开快点，他在后排！！"**

　　汽车在高架上孤零零地加速飞驰，我手握刮冰铲防备着鹅的进攻，只求能够平安到达目的地。

　　在距离养鸭塘几百米的地方，我们急刹车停下，连滚带爬地翻出来，然后用力甩上车门。我们就像拿着木棍驱赶老虎出洞的原始人一般，用刮冰铲拼命捅鹅，好不容易才把它从座位上捅到了地面。鹅一下车，我俩赶紧跳回车里一溜烟跑了。只见鹅左摇右摆地跟着我们走了几步，然后呆立在马路当中，任由我们的车疾驶而去。它的身影在夜色中渐渐变小，直到消失。

　　我们再也没有见过那只鹅。我愿意相信，它一定是找到了养鸭塘，放弃了自己的暴力行为，改而过上了悠然拍水、饱餐面包屑的生活。

但事实很可能不是这个样子的。

在内心深处，我分明知道，那只鹅一定还在镇子边沿的什么地方，如同一头林中猛兽般地活着。它一定每晚都会去养鸭塘里横行霸道，欺凌那里的鸭子们。我知道，它一定是躲在池塘浑浊的水下，静静地观察那些扔面包屑的孩子们，等待着他们在不经意间，走得太近的那一刻。

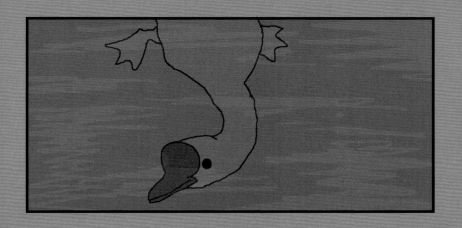

作者按：

这件事发生的时候，我就知道总有一天我会把它写成故事。我还知道，看完这个故事的人，可能会对其真实性产生一些怀疑。幸运的是，就在鹅被困厨房的时候，我十分沉着冷静地拍下了一小段视频；不幸的是，书本并不适合播放视频这种东西。总之，我还是截取了几张视频截图放在下面，希望可以解答你关于这个故事真实性的疑问。

这是鹅站在我家厨房里。

这是它发现我站在门口于是要来咬我。

现在鹅在毯子后面，我鼓起勇气准备撩起来看一眼。

却发现鹅一直就站在那头等着我。

这是我在逃跑。

我还在逃跑。

我终于不跑了，决定再多拍点视频。

毯子后面有动静。

鹅想要进客厅。

脑袋露出来了
鹅成功突破屏障，向我冲来。

我开始逃跑，画面再次模糊。

268

想法和感受

　　在我的潜意识里，有一套关于现实世界该如何运转的逻辑。这套逻辑并不是我故意编出来的，大部分没什么道理——要是真的用它来掌管世界运转，多少有点让人不安——但它就是这么存在着，并且对我的日常生活有着巨大的影响。影响大到什么程度呢？这么说吧，我大部分的情绪问题，都是因为现实没有按照我这套莫名其妙的逻辑来运转而产生。

　　可恨的是，现实世界毫不在意这套逻辑，这让我不太爽。倒没有非常不爽，不是很明显的那种，但是每当现实违背了我的逻辑时，惊讶、失望和消沉也就随之而来。

对我自己来说，这些感受非常自然合理。但要是有人试图观察我在正常环境中的行为，了解正常环境是如何使我产生这些想法和感受，一定会觉得我这个人非常没有逻辑。事实上，我看起来可能就像一头不知为何被困在了异世界、不知该如何适应新环境的野生动物。

不过，这些不合情理的内心反应还是有内在规律可循的。如果能有一个旁观者，专注地对我进行长达几周或几个月的观察，理论上应该可以初步了解我内心的这套逻辑，以及我想要让现实遵循它们而付出的种种努力。

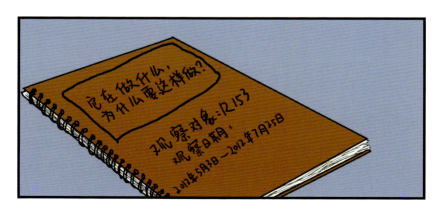

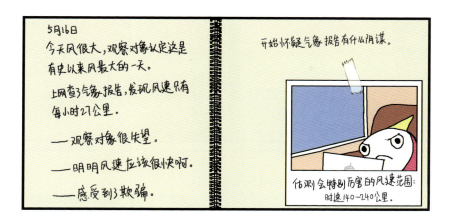

我好像经常会因为本不该让人失望的东西而失望。原因大概是我想要不断地接受超乎寻常的刺激。一旦遇到出乎意料的事，我就格外兴奋，哪怕是讨厌的事也一样。发现事态远超寻常的坏，照样能让我兴奋上好一阵。比如我受伤流血了，如果真的血流成河，那我难免会有一点小激动。

我太喜欢刺激了，甚至会主动去寻找。如果一件事看起来很刺激但事实并非如此，我会觉得被骗了。比如有件事成功引起了我的注意，好像前方有个特大惊喜，但就在最后一秒钟，这个期望落空了。

不过，要想让我失望，并不需要用惊喜做诱饵。有时候，只要有那么一丁点儿期待、而那件事又没发生，就足以让我失望了。

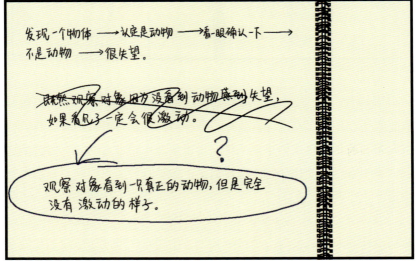

　　现实就应该按照我的期待来发生才对，至于结果到底和我有没有关系，根本不重要。重要的是我期待它发生。这是原则问题。

　　有的时候，是因为我自己的疏忽才产生了不符合现实的期待。但即便是这样，我仍然会觉得一切都是现实的错。现实应该知道我的计划，知道我正期待着一切顺利，不想遇到任何意外情况。哪怕这个情况本身完全没什么好意外的。

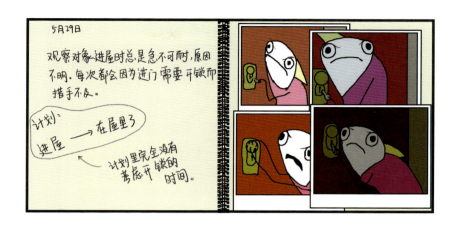

　　我不喜欢不方便，尤其不喜欢一连遇上很多件不方便的事。这么说吧，如果遇到一件不开心的事，然后马上又发生很多件不喜欢的事，那我就吃不消了。不开心的事就不该堆在一起发生啊。

　　不幸的是，现实世界的概率并不服从这个逻辑。

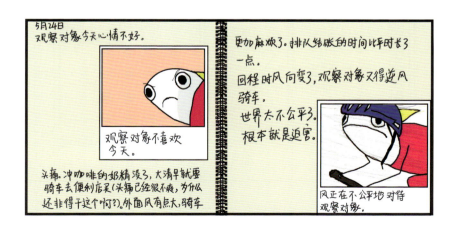

然后，观察对象又花了半天工夫才撕开奶精包装，开口还撕坏了。今天已经这么不顺了，包装袋应该更加配合一点才对。头痛。顶风。谁还有空来管包装袋的破事啊？

观察对象朝着奶精盒愤怒低语："你为什么要这样？"奶精盒无言以对。

观察对象正喝着咖啡，烟雾报警器又开始发出断断续续的嘀嘀声，电池快用完了。太多不开心的事挤在一起了。观察对象超生气，怒骂道："够多了！！该死的！烟雾报警器你个大蠢货，想让我疯掉吗？啊！！"

生气。

对着烟雾报警器大喊大叫，准备施以惩罚。

现实竟然敢在我明明不想要面对某些事情时，依旧让它们发生，我怎么能不火冒三丈？

7月2日

今天发生了一件尤其不爽的事:
一辆垃圾车在观察对象计划好的起床时间前好几个小时,
把观察对象吵醒了。
观察对象为此 **恨透了** 垃圾车。实在太恨了,不得不起床去
看它一眼。
站在窗口看着垃圾车,全程怒目。

想要看看这辆垃圾车。

这一行为算是对垃圾车做出的
某种惩罚。
观察对象很讨厌垃圾车发出的声音,
企图用意念来伤害垃圾车。

这一行为让观察对象感觉自己掌控
了局势,正义得到了伸张。

观察对象试图惩罚垃圾车。

垃圾车不为所动。

275

这个世界上其他事物都不受我的正义体系约束，真是太不公平了。

当然，公平地说，我对"公平"的定义，多少是有点问题的，而且基本上和现实世界的运转机制没什么关系。

6月21日

观察对象找到一张海獭的照片。

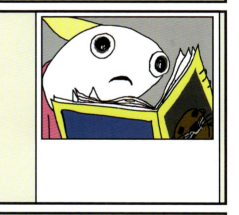

这张照片让观察对象产生了极为强烈的感受。

爱死海獭了。

可是没办法和海獭互动，很焦躁。

海獭是假的，永远不可能有什么互动。

观察对象觉得这太不公平了。

海嫘生活在海里而不是杂志里,这让观察对象感觉遭到了背叛。

当我们说一件事不公平,也就意味着可能存在另一种与之相对的"公平"的情况。

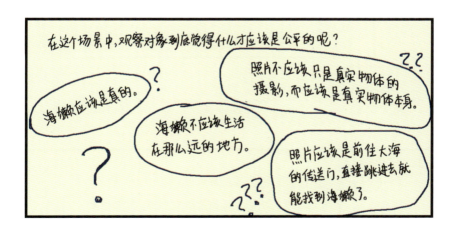

在这个场景中,观察对象到底觉得什么才应该是公平的呢?

海嫘应该是真的。？

？

海嫘不应该生活在那么远的地方。

照片不应该只是真实物体的摄影,而应该是真实物体本身。？？？

照片应该是前往大海的传送门,直接跳进去就能找到海嫘了。

但我的逻辑管不了那么多。我就是这么想的,也不管它行不行得通,然后期望着世界可以遵循我的这套逻辑,并且我还时不时产生一些新的想法来。

观察对象觉得37度的天太热了。
这种气温根本就不应该存在。

　　甚至有些逻辑，在被违反之前连我自己都不知道它们的存在。

6月29日
观察对象独自在餐厅用餐。桌边四把椅子，只用了一把。
等到有人来借椅子才发现原来还有其他的椅子。观察对象
突然对椅子产生了本能的占有欲，感觉被夺走了使用其他椅
子的机会。万一等会儿想把椅子要回来呢？

虽然很不情愿，观察对象还是同意
别人拿走了椅子。

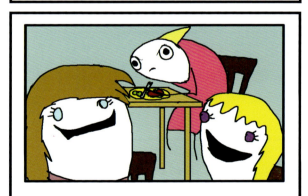

观察对象发现其他人正在开心地使
用那些椅子。

哼，那根本不是他们的椅子。

尽管我的逻辑往往前后矛盾，细节也很诡异，但眼睁睁看着其他事物一个个不按照这些逻辑来运作，我仍然会觉得十分不安。

7月3日

今天早晨，观察对象往外一看，发现屋子前面停了一辆不认识的车。这辆车为什么在这里？接下来每天都会停在这里吗？

观察对象不想让车停在这里，但想想车子又没做错什么，于是只能被迫思忖它的存在。

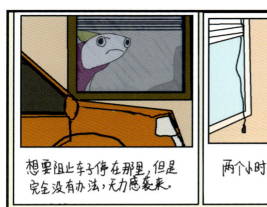

想要阻止车子停在那里，但是完全没有办法，无力感袭来。

两个小时后，车子还是停在那边。

当我发现自己不能控制现实世界的时候，总是很不开心。这很糟糕，因为现实会怎么样，并不取决于我对它的预期。而在我屈指可数的能对现实施加影响的途径里，也并没有什么万无一失的方法。

尽管如此，我还是想要继续盯紧现实，以免它出什么阴招。这种盯梢行为能让我觉得自己还是有所作为的。通过营造这种局势在握的假象，我的无助感就显得相对好接受一点。但是当这份假象被无情地击破时，恐慌随之而来。

7月14日

天很黑。观察对象看不见现实在做什么，担心现实会在监控之外做些什么糟糕的事情来。

因为，在内心深处，我知道自己是多么渺小和无力。我害怕极了，就像一只可怜的动物，被困在一个可怕蛮荒的环境中，完全不知道它要对我做什么。我只是身处其中。

对此，我一贯奉行的最佳应对策略，就是蛮不讲理到底，硬是要让一切都服从于我和我所有的无理要求。

而每一次我伸张正义失败的时候，又会因为自己的愚蠢而感到尴尬。我会觉得自己非常可笑——原来我没有多厉害。

7月10日

今天，看见观察对象要愿别几只鸟。
因为需要集中精力时被鸟叫声吵到了，所以很生气。
脑补各种发生在鸟身上的可怕的事。
这对于鸟没有产生任何影响。

对着鸟脑补各种糟糕的事情。

鸟还是想怎么叫就怎么叫。

我很庆幸从没有人看到过这样子的我。因为我了解自己，知道自己正在做什么，并且觉得非常丢人。如果真的发现有人在观察我、想要了解我的这些蠢蛋逻辑，那我一定吓死了。这会让之后的观察变得非常困难，因为我会毫不犹豫地逃跑，找个地方躲起来。

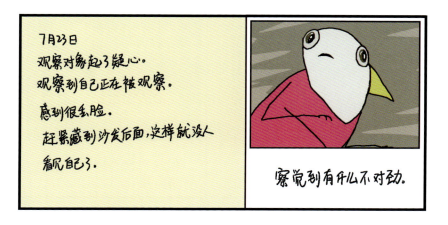

7月23日
观察对象起了疑心。
观察到自己正在被观察。
感到很丢脸。
赶紧藏到沙发后面，这样就没人看见自己了。

察觉到有什么不对劲。

下午4:56
观察对象仍然躲在沙发后面。
看不见它现在的行动。

下午4:58
打算偷偷靠近观察对象，结果它逃走了。

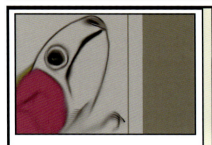

不想被任何人看见。

正在逃跑。

7月23日
下午6:10
观察对象拒绝配合研究。
一直在逃跑，并发出惊恐的怪声。

观察对象害怕时跑得非常快。

7月23日

下午10:18

观察对象被逼进了一间废弃仓库里，观察终于可以继续了。

无处藏身也无处可逃的观察对象。

7月24日

下午7:23

观察对象全身一动不动，接连九个小时什么也没有思考。如果不是因为脱水而终止了观察，这种情况可能会永远持续下去。

连续九个小时都维持着这个表情。

而最最丢脸的是，我会因为自己的尴尬而感到加倍尴尬。好像自己还有什么尊严值得维护似的。因为我是一个十分正经的、有尊严的人。我绝不想让任何人知道，其实我根本不是这个样子。

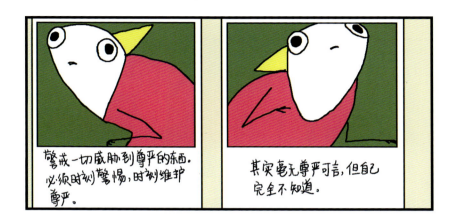

狗狗也能看懂的基本概念指南

亲爱的狗狗们，我们彼此相识已经很久了。这些年，你们住我的家，睡我的床，尿遍了我院子里几乎每一寸土地。而且，你们的余生应该还是会跟我一起度过，除非你们成功逃跑或是突然死亡。既然如此，我想你们应该明白几件事，都是非常基本的东西，甚至不用怎么解释。只不过你们一直都缺乏常识，实在令人担忧，所以就让我们开始吧。

第一章：常见误解

通过和你们的日常交流以及个人的观察，我发现你们的世界观中有几点格外糟糕。我不知道这些误解是从何而来，又为何而生，但是你们真的应该知道一些真相了。

关于坑，你们完全搞错了。坑从来就没有非常重要过，尤其是你们刨出来的那些。你们刨坑的时候有没有停下来好好思考过：我这样做是为了什么？这个洞究竟有什么意义？如果不刨坑，我的生命是否会有所不同？就算你们没想过为什么要这么做，难道一次次经验教训还不够吗？每次刨完坑，你们都可怜巴巴地躲到桌子底下，免得我看到你们满是泥巴和愧疚的脸。换谁都不会觉得这是什么有趣的经历。

当然，我可以理解你们想要尝试的心情：嗯……说不定会管用呢……于是就试一下。但是整整三年过去了，你们还是会在每一次被遛的时候都梗着脖子往前扯：说不定这次就会成功了。狗狗们，这是不可能的。不管你们扯得多用力，我都不会因此认为："等等，也许走到车流汹涌的马路中间去会很有意思哦……说不定我真的想在十二月中旬的时候冲进养鸭塘里踩个水呢。"

不让你们做决定，是因为你们的决策能力非常糟糕。你们就是因为不会决策所以才被套上绳子，否则，你们肯定早就把能做的错误决定全都做完了。

比如说，我们正在公园里散步，一切都按计划有序进行，直到你们看到马路对面的这个东西：

恐慌开始蔓延。

要不是我用狗绳拉住你们，你们一定会过度反应。

恰恰是这根狗绳，救了你们的狗命。

所以，抱歉，不管你们怎么扯狗绳，我也不会改变决定的。我十分清楚如果由你们来决策会导致什么样的后果，所以你们没有这个权利。

你们这是图什么呢？完全没道理啊。如果我见到一个许久没见的人，绝不会这样想：我应该扑到他身上，用手指去扒拉他的脸，直到这个人受不了了，把我锁进浴室里。这简直是有病。想想看，如果我见到你们的狗类朋友时也这样子，会是个什么情况？

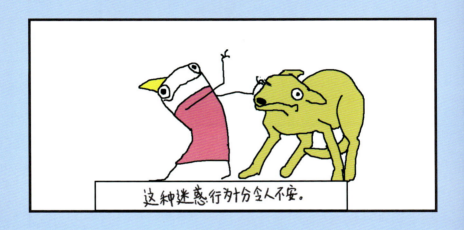

没人喜欢这样，但你们似乎就是不肯相信这一点。

狗狗们，告诉我，当别人推开你们、用膝盖顶着你们的胸口大**吼"不准这样！快停下！坏狗！"**的时候，你们到底是怎样推断出，我们很喜欢这样呢？

又或者，你们确实感受到了抗拒，但认为那只是因为我们尝试得还不够多，不能确定自己是不是真的不喜欢……

　　我保证，我们早就被戳够了，可以肯定地告诉你们，我们讨厌这样子。

　　我觉得这个就不用过多解释了。吃蜜蜂本身就是后果了吧？但你们还是义无反顾地见蜜蜂就吃。难道真的没有发现，每次你们想吃蜜蜂，结果都是被叮一脸吗？不管吃多少次，结果都是一样的啊。

结果永远都不会有改变的好吗!

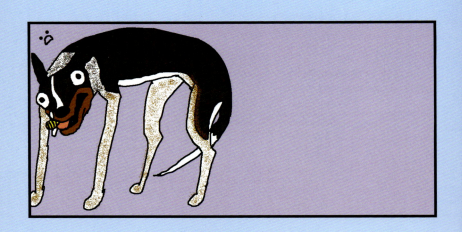

真的屡试不爽啊。

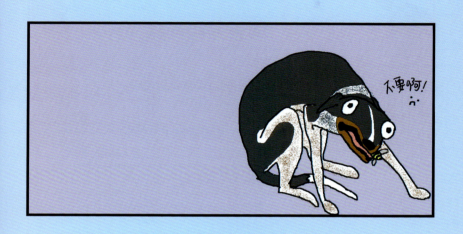

　　真的，见到蜜蜂，唯一正确的应对方法就是不要去惹它们。如果这么说还不够明确的话，那我再解释一下，"摆脱蜜蜂"的方法里，绝对不包括"把它吃掉"这一条。

　　你们读完这一章之后，可能会问："为什么我们会有这么多错误的理解呢？"我想，这大概和你们平时遇到问题时的论证方式有关。

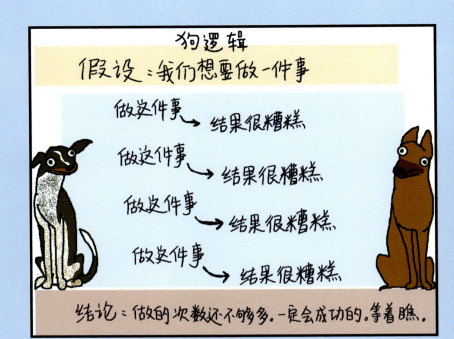

狗逻辑

假设：我们想要做一件事

做这件事 → 结果很糟糕

做这件事 → 结果很糟糕

做这件事 → 结果很糟糕

做这件事 → 结果很糟糕

结论：做的次数还不够多。一定会成功的。等着瞧。

　　这个逻辑漏洞百出，我希望你们能从这个章节中学到的是，你们完全不知道自己在干什么。即使你们十分确信自己知道，那也是错的。你们的思考能力从根本上就一塌糊涂，所以呢，要想知道哪些事情能做、哪些事情不能做，就必须借助其他的方法……

第二章：
"停下"这个词

　　你们可能会想，"哎，这个词的意思我知道！"但请记住我们刚才的结论：你们所知道的东西，绝大部分都是错的，对于这个词的定义也一样。首先——你们可能会对这个事实感到惊讶——"停下"这个词，在我对你们吼的时候，永远都**只有**一个意思，那就是"停止你们正在做的事情，讨厌死了"。这个词永远都只会有这一个意思。

再澄清一下，也就是说，"停下"这个词，**绝对没有**以下这些意思：

　　你们肯定会想：对呀，就是这个词，我们懂的，一直都懂。但是，为了确保你们真的明白，下面是一个小测试。可能会有点难，所以就算答错了也不用灰心。

　　深夜十点，电视机里传来一种你们一时无法辨认的声音。因为搞不清状况，你们开始汪汪乱叫，并用爪子挠门。这时，你们听到我大喊一声"停下"。请问，我想对你们传达什么信息呢？

　　A. 继续！好样的！

　　B. 换种叫声。

　　C. 我知道你们现在很忙，但假如还有时间的话，能不能顺便把桌上的东西统统扒到地上？

　　D. 快听！我又开始说一个我认识的单词了！

　　E. 停止你们正在做的事，讨厌死了。

答案：E。停止你们正在做的事，讨厌死了。

希望你们不会觉得这个答案很意外。

有噪音！怎么办？

　放轻松，狗狗们，马上就揭晓答案。在此之前，让我们先来回顾一下你们通常听到奇怪噪音时的应对措施。

　你们是想用更大的声音来盖过这种不熟悉的怪声吗？还是想要把它吓跑？你们真的知道自己在做什么吗？

自己发出噪音是不可能解决这个问题的，只会在原有的噪音上增加更多噪音而已。还有，这个不用提问，我直接告诉你们：不行。不可能因为你的朋友发出了噪音，所以你要发出更多噪音，问题不是这样解决的。这是在玩无限循环好吗。

面对噪音问题，比较好的应对措施是这样的：

好了，既然不用再为听见噪音而提心吊胆，你们就有更多时间去担心那些真正应该要担心的事了。

傻狗，这一章主要是对你说的。不过老实讲，有点不知该从何说起，因为我真的不明白你到底是怎样判断一件事吓不吓人的。

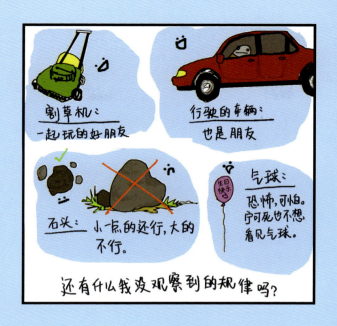

但是有一点我可以负责任地告诉你：凡是你害怕的东西，没有一样会真的伤到你，而很多你不害怕的东西，却都很要命。

接下来，我会列一张不完整清单（毕竟我也不可能把世界上所有的东西一件件列出来），希望能让你对这个问题有一个良好的初步认知。

指甲钳：你可能已经注意到了，帮你剪指甲是一件需要三个人协力才能完成的惨烈工程，而且还需要废掉一大块浴巾和一瓶喷罐装奶酪。但是为什么呢？为什么非得这样才能给你剪指甲呢？我不知道你到底明不明白这是要做什么，但我保证，事情绝对不是你想象的那样。在你眼里，这一定超级可怕，不然何必搞得这么惨烈。其实吧，我们只是想把你的指甲弄得稍微短一点，这样一来，你朝人身上扑过去扒拉，或者在木地板上没来由地跑酷时，造成的伤害可以少一点。

马的雕像：我知道，我知道——看上去很像真的马。但它真的不是，所谓的雕像就是这样的东西。要解释为什么会有马的雕像这种东西，可能太过复杂，但请你相信，它真的不是一匹活生生的马，不会伤到你的。我发誓我绝对没骗你。

割草机：割草机是很危险的东西，跟你想的不太一样吧。确实，它能发出很好玩的声音，到目前为止也还没有真的对你做出什么危险的事情，但那纯粹是因为每次我要用割草机的时候都会把你锁在屋子里。因为我有预知未来的能力，我知道如果真的让你和割草机一起玩，会产生什么样的后果。

吸尘器：虽然吸尘器和割草机长得几乎一模一样，但它一点也不危险。因为吸尘器不会把你的腿变成绞肉，这是它和割草机不一样的地方。你明明这么信任割草机，却害怕吸尘器，这也太奇怪了吧。

气球：记不记得有一次我开车带你出去玩，然后在华盛顿州的里茨维尔市下车跑了会儿步？你还挺开心的吧，当时正好是万圣节，到处都是吓人的装饰物。我们一路跑过去，你没有怕骷髅，没有怕大蜘蛛，也没有怕闪着光、会尖叫、还会动的尸体……却被一个气球吓到撒腿就逃，直接把我给拽到了大街上。为什么会这样啊？那个气球安安稳稳地系在离我们五六米远的一棵树上，无害地在空中飘着而已。听好了，我要告诉你一个关于气球的秘密：其实它们基本都是空气。真的不可怕，完全是装出来的呀。

第五章：你们喜欢的那些可怕的游戏

狗狗们，你们想出来的游戏全都糟糕透了。据我观察，你们觉得好玩的事情，不是把什么东西弄坏，就是反反复复地做同一件事直到所有人都被烦死为止。

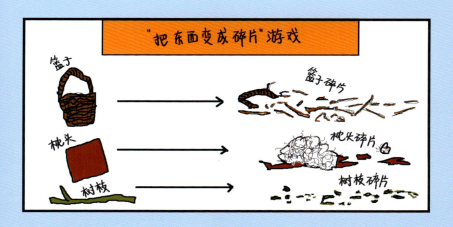

强行改变事物的形状对你们来说似乎有着莫大的乐趣。是因为这样做能让你们觉得自己很厉害吗？或许你们是用这种方法来满足自己想要做决定的欲望？好吧我可以理解，决定篮子不应该再是一个篮子，然后还真的把它变成了不是篮子的东西（谁让篮子没法反抗呢？），这感觉一定很爽。但是做决定也不一定要这么有破坏性的好吗。

比方说，下面这也算是一个关于做决定的游戏：

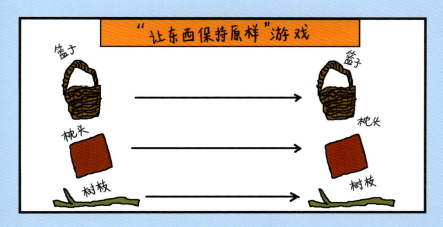

你们看，如果你们决定**不去**破坏东西的话，那也是一种做决定的方式呀！虽然这个游戏看上去可能有点无聊，但我向你们保证，只

要能让自己沉浸在"啊，一切竟然都还和原来一样"的感受中，一定也会很开心的。因为我非常了解你们，穷开心这件事，你们在全世界的动物里都是能排得上号的。

这大概是你们想出来的游戏里最糟糕的一个了，真是让我恨得要死。据我所知这个游戏还分两种不同的形式：一种是跑过来用脸撞膝盖，另一种是用你们的大笨嘴叼着一根超大的树枝然后在膝盖附近跑来跑去。

除了你们自己，没有人想玩这个游戏。连狗狗公园的老太太都不喜欢。连小孩子都不喜欢。

要不换一个，试试"跑来跑去看我能离膝盖有多远"这个游戏？

严格说来，躺在地板上把一个吱吱叫的玩具啃上三个小时，根本就不能算是个游戏，但你们觉得是。所以你们现在没有吱吱叫的玩具了。

希望你们能学到一个宝贵的教训，那就是凡事过犹不及，吱吱叫的玩具也一样。如果你们真的很想反复做同一件事，那也请把预期的次数先除以十再做。

"没来由的室内跑酷"游戏

你们赢了吗？
这个游戏的规则到底是
什么啊？

虽然我不是很清楚你们要怎样才能在这个游戏中获胜，甚至都不知道你们想不想获胜，但这个游戏真的不要再玩了。

第六章：你们不可能一直都称心如意，这绝对没有任何漏洞可钻。

看到现在，你们想必已经明白了，自己想做的事情大部分都很蠢，想做的决定大部分都很糟。所以呢，事与愿违就成了家常便饭，你们必须要学会坦然接受失望。

如果我做了什么和你们意愿相违背的决定，发出尖厉的哼唧声是不会让我改变主意的。

用爪子扒拉我的腿也是没用的。

总之，你们骗不了我。那件 T 恤衫不可能突然自己变成碎片，也不可能是被超出你们控制的力量弄坏的，毕竟你们脸上还挂着 T 恤衫的残片。

　　在我喂完你们之后立马装出一副我还没喂过你们的样子，也是不可能成功的。

　　我知道你们吃过了，因为你们吃的东西就是我给的，我是有记忆的，好吗？

　　此外，我也绝对不会相信，你们的四条腿恰好就在我们要离开狗公园的时候突然全都坏掉了。

　　你们觉得自己隐秘工作做得很厉害是吧。好吧，我承认，不得不把四肢完好的你们一路拖回车上，还真是挺丢人的。一路上那么多对我指指点点的人，他们的狗可不会突然之间四肢残废，他们从来都没经历过这样的事情，所以不明白这究竟是个什么情况。但是我明白。我太清楚不过了。每次要离开狗公园的时候，你们都是这副死样子。但是你们要搞清楚，我可不会因为别人对我指指点点，就永远待在狗公园里不回去了。

　　但显然你们不这么认为。你们觉得我会任由你们就此变成住在狗公园里的无腿生物。狗狗们，你们倒是说说看，如果只是趴在地上一动不动假装瘫痪的话，那就算住在狗公园里又有什么意思呢？怎么找吃的？下雨了怎么办？

　　没我你们是不行的。

第七章：问答环节

　　好了，狗狗们，看了这么多，一定有很多问题想问吧？好在我对这些问题了如指掌，因为你们感到困惑的时候真的很容易被我看透。

问：可以吃蜜蜂吗？
答：不行。

问：可是……永远不吃蜜蜂吗？
答：不行。你们永永远远不能吃蜜蜂。

问：蜜蜂？

答：不行。

问：可怎么才能不吃蜜蜂呢？

答：看见蜜蜂的时候，只要不把它放进嘴里，就可以不吃了。如果你们需要更进一步保证自己不吃蜜蜂的话，那就先跑到没有蜜蜂的地方，等到自己不想吃了再回来。

问：为什么决定很糟糕？

答：狗狗们，这个问题问得真好。很遗憾，我也不知道你们为什么总是会做出糟糕的决定。大概这就是天性吧。

问：门怎么回事？

答：如果我把门的工作原理告诉你们，你们一定会做出太多没必要的决定。

问：不。

答：这不是个问题。

问：就只是个袋子？

答：没错，在第一章的"误解2"中，那个东西一直都只是个袋子而已。不是要骗你们之类的。

问：怎么骗人？

答：在你们懂得不应该明目张胆地问我这个问题之前，让你们明白怎样才能骗人恐怕是不可能的。

问：对不起。

答：这也不是个问题，但我接受你们的道歉。

派对

　　在我童年的某一天，我妈犯了个错误：她带我去看了牙齿矫正医生。结果，医生发现我有一颗坏牙，是横着长的。

　　医生告诉我们，这颗牙如果放任不管，一定会把我的生活搞得一团糟，让我变成一个非常可怕的怪胎。

说不定我连眼睛上都会长出牙齿来。

　　除非我这辈子都想被铁链子拴在一个没窗户的小黑屋里，以免吓到无辜市民，否则我还是得做个手术把这颗牙拔掉才行。

　　一开始我还挺愿意接受这个方案的，直到我发现手术日期和朋友的生日派对竟然在同一天。虽然手术在早上，生日派对要到傍晚才开始，但我妈说做完手术需要休息，应该是没法赶过去的。我问她如果到时候我感觉没问题是不是就可以去参加派对，她说可以，但是告诫我说大概率是不会感觉没问题的，所以还是不要抱太大希望。

　　但这话说得已经太迟了。我意识到，只要能骗过我妈，让她觉得我做完手术一点问题都没有，那她就会让我去参加生日派对了。只要想办法证明自己已经完全恢复就可以了。于是我开始收集情报：具体有哪些事情可以向我妈证明，手术完全没有对我产生任何影响。

　　虽然我很确定我妈当时好言相劝只是不想让我再烦她，但总之最后似乎就这么给定了下来：从公园一头跑到另一头，就可以证明我已经休息足够，能去派对了。而我就这样死死地攥住了这一线小小的希望。

　　我记得自己坐在手术室，即将开始手术前，第一万次排练着术后计划：一旦有些许意识恢复，就让我妈开车送我到公园，我要像一头嗑了药的瞪羚一样飞奔到公园另一头去。

然后她就会让我去派对了。

　　我一定是在意识还没完全恢复的时候就成功地装出了非常清醒的样子，因为医生放我走那会儿，麻醉的效力根本还没过。我妈带我走出医院的时候，甚至都得全程拉着我背后的衣服，以免我脚下不稳直接摔倒。

　　我是在车里才慢慢恢复意识的，当时完全不知道周围是什么情况，只是隐约记得自己有一件很重要的事情要做。

对了，**公园**！！尽管我还没有记起到底为什么要去公园，但去公园这个念头，已经被我无数次地敲打在了脑海里，即便在迷迷糊糊的意识边缘，我仍然知道，去公园是当下最重要的一件事。我试着把这个想法传达给我妈，但麻痹的脸部肌肉和超大剂量的麻药让我无法正确地说出这个单词。

我喊得更急更响了，但我妈还是无法理解我想要做什么。

于是我决定打开车门，大不了我自己走到公园去。唯一的问题是，此刻我们的车并非安全地停在公园附近，而是在高速公路上以110公里的时速飞驰。

好在我还没有清醒到知道要先解开安全带才能下车，所以才没有就地滚下车摔死，而只是从车门里探出半截身子胡乱地手舞足蹈。

我妈多少被这个举动吓到了，于是决定在下一个高速路口下车，给我买点吃的。我们找到一家快餐店，她把我领进了店里。

　　餐厅里人很多，但我妈不想回车里吃，于是我们找了张桌子坐好，她让我坐下等着，她去排队买吃的。

　　于是我安心地在桌前等了几分钟。

等着等着，我就忘了刚刚发生过什么，顿时慌张起来。

我得找到我妈，然后告诉她公园的事才行。我想要叫她，但我都不知道该怎么说话。

我开始在餐厅里跌跌撞撞地走来走去，嘴里不停发出和"妈妈"最接近的声音。

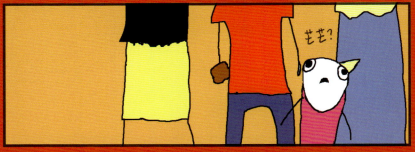

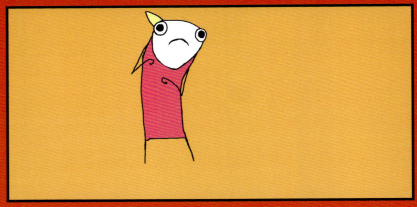

　　我妈还没有明白我到底想说什么，但她知道我在大喊大叫，乱撞客人，总之就是洋相百出，于是她斩钉截铁地让我回座位去坐好。

　　这时我已经想起了为什么要去公园，于是乖乖听话，这样就可

324

以提高去公园的可能性了，也就提高了让我去派对的可能性。

我妈带着吃的回到餐桌时，大概发生了这样一段对话：

我：我们和以去公盐了吗？

我妈：公园？你是想要去公园？

我：对！公盐！

我妈：不行。快吃东西。

我：但是芒芒，我可以刨到公盐另一边的，我可以！我可以去派退的！

我妈：不行，不能去。

我：我可以的！可以的！**可以的！！**

我妈：你看看你这样子，连路都走不好，话都说不清楚。

我：**我可以刨到公盐另一边的！！！我可以去派退！！！**

我妈：你不能去派对。

我：**不要！！不要！芒芒不要！我可以的！我可以去的！**

我妈：我说了你不能去派对。好了快吃吧。

我：**芒——芒！为什么？为什么你这么互——不——讲理？？**

我妈：别闹。

然后我开始对着奶昔痛哭流涕。我妈发现周围的人都在盯着她看，这才意识到，从不明真相的旁人看来，她根本就是在剥夺可怜的智障女儿去公园或者去生日派对的机会，而且全程都在嘲讽女儿的智残。

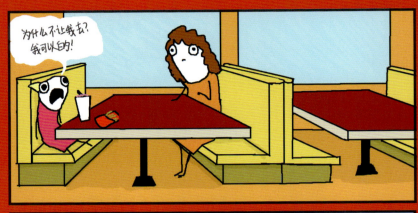

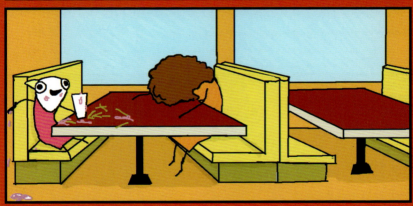

就这样，我打着超大剂量的麻药，去参加了这次生日派对。

身份认同·上

    我一直觉得自己是那种会在危难时刻挺身而出的英雄人物，这让我觉得很了不起，最妙的是，基本上这辈子也不用做什么特别的事来证明这一点——只要永远不遇上灾难，那么，我就永远是个英雄。

同理，我也可以安心地认定自己能为心爱的人捐献肾脏，捐一百万美元拯救动物，并且凭借自己强大的免疫系统和主角光环在一场灾难性的疾病中幸存下来。只要我爱的人不需要移植肾脏，我赚不到一百万美元，以及没有一场无视抗生素的超级流感来考验我的免疫系统，这些都是我可以轻松维持下去的信念。

比较麻烦的是那些真正需要我拿出行动或想法的事情。要想在这些事情上相信自己并不容易，因为我凭本能产生的行动和想法，与想象中自己应该有的样子完全不同，两者相去甚远。贪婪和自负让我忘乎所以，觉得自己就是这么厉害。

可惜，我对自己的期望实在高得离谱，真到要做的时候，全然没有敦促自己保持那样高水准的自觉。再加上我有很多不讨喜的特点，所以要想维持这份幻觉，真的是每一天都非常辛苦。

面对如此艰巨的挑战，我那过剩的自我意识却依旧坚持不懈地试图证明自己是如何伟大，并且总是输得一败涂地。毕竟，自我意识再强大，它所要面对的敌人，却更是强大千万倍呀。

维持我的个人形象，最基本的操作就是抑制住各种心血来潮的念头。时时刻刻，我都被无数异想天开的冲动驱使着，要不是还对自己的形象有点顾虑，恐怕真会把那些怪念头挨个儿试过来。

那绝对会是一场可怕的灾难。

谢天谢地，正是因为做这些事会侮辱我的身份认同，所以我才不敢付诸实践，总算给自己和世人免去了许多可怕的伤害。

　　但我自己还是得去面对这些冲动。

　　我的自我意识非常讨厌走下圣坛来处理这些破事。这家伙巴不得能永远沐浴在自己是多么圣洁多么伟大的思绪里，显然不乐意被各种奇怪的念头隔三岔五地打断。它想要专注成为一个很好的人，而不是费劲去确保自己至少不要成为一个很糟糕的人。

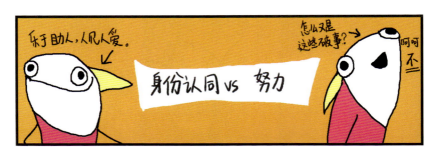

做个好人，是身份认同中十分重要的一项内容。不过，成为一个实打实的好人是很花时间和精力的。其实呢，想要自我感觉良好，并不需要成为一个真正的好人。我就开发出了这么一种钻空子技巧：不用真的去做各种各样的好事，只要一直认为自己有可能去做就行了。

　　只要在心里想一想自己可能会做什么好事，我就立刻感觉像自己真的做过了一样。不用费劲麻烦就能拥有这一切的成就感和优越感，真是无本万利的好买卖呀！明明什么都没做却还能沾沾自喜，我自己也觉得有点恶心。

　　当然，我也会因为做了一件轻而易举的小事而感到无比满足。

甚至就连自己理论上可能做什么坏事而没有做的时候，我也会感到相当自豪。倒不是说我有多少做坏事的冲动，但总之我成功地抑制住了这份天知道存不存在的冲动，真是太值得骄傲了。这样也能觉得自己很了不起，可见在我的潜意识里，世界上的人一定都是可怕的怪物。

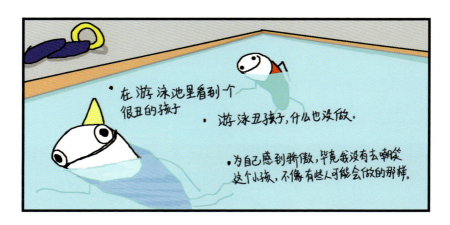

我怎么是这样的人呢？仔细想想有点恶心。在审视内心时，我可不想看见一个成天钻空子的坏蛋，而是希望能看见一个好人，一个不坑不骗、货真价实的好人。因为在内心深处，我还是相信自己没有那么糟糕。就好比，我真的真的是个好人，脑子里这些莫名其妙的破想法，都是别的什么人给硬塞进来的。

是啊，我只是被一个糟糕的人格附身了，被迫承受它的影响。我时刻活在恐惧中，担心它会对我下手，让我想起那些令人羞愧的念头。

但它总是找上门来。

我真的非常害怕，有一天我爱的人需要换肾脏什么的。我也希望这份恐惧是源于我对他们健康的关心，但其实主要还是因为我不想知道，如果真的有人需要捐献肾脏，我会做出什么样的反应。我很想相信自己会毫不犹豫地为所爱之人牺牲自己的健康，但同时我又几乎可以确定，自己绝对不会这么做。首先，我真的、真的不想放弃一个肾脏。我对这种想法感到不适，觉得很自私。而这就是事实。

如果到时发现我的肾脏不配对，无法捐赠，那我一定会大松一口气。不过这样一来，我还是得直面这个事实——我是个糟糕的人。万一真的匹配上了，我大概还是会捐出个把肾脏来，但那必定是想尽了一切逃避方案都不成功的结果。

每当我想要成为更好的人时，都不得不直面内心。哪怕我真的在所有问题上都做出了正确选择，内心产生的这些挣扎也已经充分证明了我在本质上是一个无比糟糕的人。

　　我不想仅仅是"做正确的事"，更希望自己心甘情愿**想要**做正确的事。这个目标看似高尚，但我在意的并不是道德标准这种东西。主要还是因为，一旦自己不是发自内心去做正确的事，而是迫于羞耻感不得不做的话，获得的满足感将大打折扣。

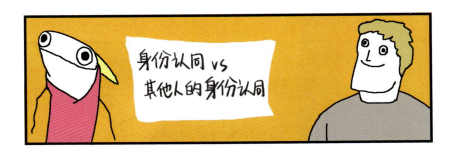

比我好的人一抓一大把。每每想起，我就对自己更不满意了，因为跟他们一比，就显得我非常糟糕。

这正好说明了我有多么小家子气，我可不喜欢被提醒这一点。

而这，又进一步证明我不喜欢反思自己悲催的人生，并且让我觉得自己还在逃避很多其他的问题。

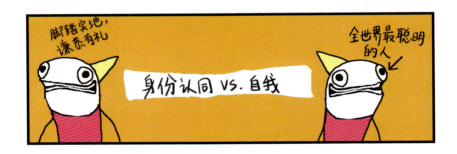

由于我的身份认同很大程度建立在不可靠的事实基础上，缺乏一个内在的检验机制，所以有时就会出现矛盾。

343

这样会很麻烦，因为我总得决定自己究竟站在哪一边。

但在决定自己的身份认同时，我根本就不想做选择。于是我通常会无视这些问题，或是自欺欺人地认为这其中根本没什么矛盾。

如果我低调一点，或者对自己有更合理的期待，那就根本不会注意到这些矛盾之处。可事实恰恰相反，以至于我的行为和自己所期待的样子背道而驰，想忽略都不可能。

这样一来，我就不得不好好地审视自己。这令我十分不安，因为只要再捅破那么一层窗户纸，我就会发现自己有多不靠谱。

身份认同·下

　　我本质上是那种会抓起一把沙子去扔小孩的人。之所以这么说，是因为我时常要抑制住自己这么做的冲动，换言之，如果没有刻意抑制的话，一定早就这么做了。

　　我也想对人推推搡搡，永远不分享自己的东西，还要冲那些不让我为所欲为的人大喊大叫。

　　当然，我不会真的这么做，因为我不想知道自己会做出这种事情。万一知道了，我就没法相信自己是个好人了。我甚至都不愿意知道自己动过这些念头。

　　所幸，我已经发展出一套十分成熟的谎言和欺骗体系，让我不至于认识到自己其实有多恶劣。

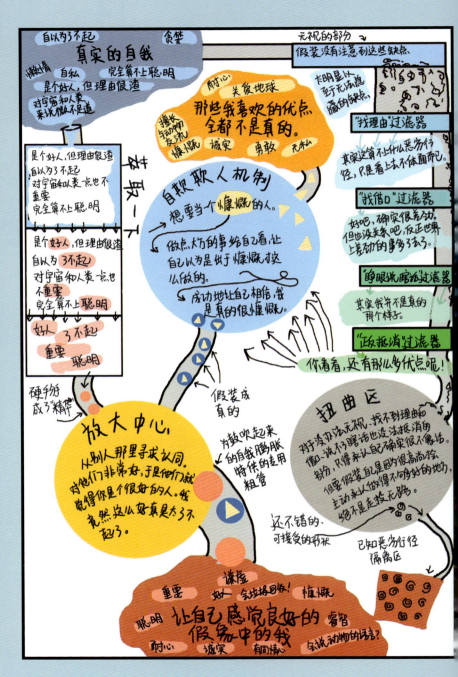

一个真真正正的好人，大概是不需要用谎言和骗术来让自己感觉良好的吧。但是不管我乐不乐意，每一天，我都会被各种自私的烂念头持续轰炸。之所以冒出这些念头，是因为我根本就是这样的人，我只是不愿意承认罢了。那未免太让人失望了。这个强大的系统，可以保护我免遭这一可怕的打击。

但是，对于那些我愿意相信的优点，我又有点儿贪婪，并且毫不掩饰。一不留神，我就会意外地发现它们背后的真相。

　　一个人，发现自己非常不可靠的时候，那感觉就好比是找到了一条隧道的入口，而隧道里面有着自己所有自欺欺人的谎言。尽管这条隧道深不见底，非常吓人，但你心中有太多疑虑，很想知道里面究竟有些什么。

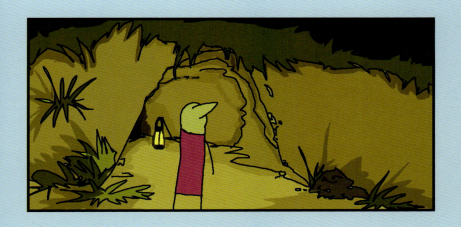

　　我想知道自己是不是还在其他问题上欺骗了自己，于是走进了隧道。然而调查工作才刚刚起步，我就已经可以确定，自己骗自己的次数非常多了。

发现自己身上有这么多缺点，感觉很糟糕。更糟糕的是，发现很多以前自以为是优点的东西，竟然只是用来掩盖缺点的伪装而已。我感到特别恶心。

到这个当口，大多数人会选择不再继续探查。因为大多数人都比较聪明，明白自我改善是一个相当漫长和微妙的过程，正确的做法是每次只求探寻到一点点真相——刚好让自己有些不舒适的程度——然后赶紧溜之大吉，逃回自己温暖熟悉的谎言城堡，在相对安全的环境下慢慢咀嚼刚才的发现。

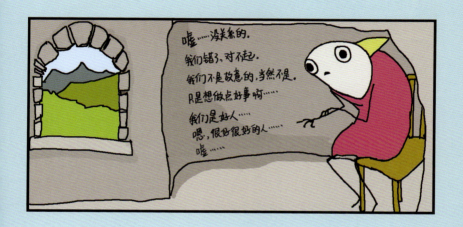

但我不这样想。盲目自信让我觉得可以一口气把所有问题都处理好。

我满以为这个过程就跟处理一个马蜂窝差不多——可能会被蜇几下，但只要把问题的源头处理掉，一切就都解决了。然而，和马蜂窝不同的是，自己性格上的根本缺陷，不是你套上一个滑雪面具、喷上一股催泪毒气、拿起一根四五米长的树枝就能轻松捅掉的。而那些让你苦恼的真相也不是马蜂，不会因为栖息的家园被毁，就再也不来找你的麻烦。

注：这很可能也不是赶马蜂的最佳方法。

　　我应该是多少有一点相信，只要在这条隧道里一直走下去，就有可能找出自己这么渣的原因，并且能把它给处理掉。

　　不幸的是，我之所以这么渣，是因为我确确实实就是个人渣。要想让我改变自身的这个属性是不可能的。我能够控制住自己不要真的做出太渣的事情，也能迫使自己做出好人应该做的事情，但人渣属性就在那里，隐藏在这层正常人的表皮之下，蠢蠢欲动，永远都不会消失。

　　可惜当时的我还不知道这一点。那台精妙的谎言作弊机器保护着我，让我永远都接触不到这些可怕的信息。讽刺的是，正因为对此一无所知，我才会无视一路上的各种警告，大摇大摆地继续前进。

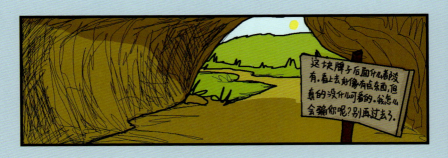

人类的大脑是很奇妙的，当它意识到自己还没准备好发现关于自己的一切时，会安排一些超常应急的安保措施，阻止你在脑海深处的荒原里像个傻子似的乱逛。这是一种保护机制。

　　只是，这层自保措施恰好起到了反作用，明确地为我指出了前进的方向，让我离真相更近了一步。

　　这时的我已经非常接近真相了。其实我并不想知道这个"自我价值生成机器"的具体工作原理，毕竟，绝大多数的幻想，一旦知道了个中原理，就很难再相信了。可当时的我已经化身为心灵探险家·大侦探福尔摩斯，决不肯就此罢休。

而当我终于发现它的存在时，我愤怒极了。

没有人喜欢被欺骗，尤其是在这么重要的事情上被骗这么久。

这不是我想要的答案："其实你本来就很渣，只是自以为不渣，而且为了不让自己失望，你还在不停地骗自己。"

　　我是真的、真的尽力了。或许我不能成为一个从没想过要对人推推搡搡或是朝人扔沙子的人，但我一直努力试着去做那样的人。假如人生是一场"不丢沙子不推人"比赛，我起码能得个参与奖。尽管我知道，要拿这个奖只需要参与就可以了，其他什么也不用做。但我还是会为此感到骄傲，因为想要一直不推人、不朝人扔沙子，**真的很难啊**。

可即便在这个时候，我还是想要骗自己。
我知道这是自欺欺人，但还是这么做了，因为感觉真的很好。

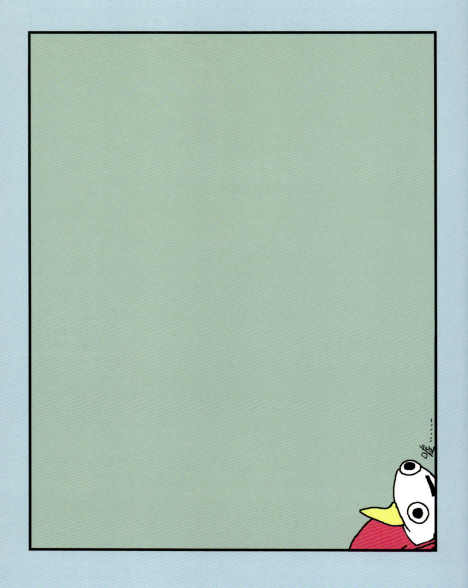

致谢

一想到有那么多人要感谢，我彻底呆掉，整整八天都是懵的。

然后我灵机一动——直接感谢所有人不就好了吗！我可不想把任何一个人给落下。

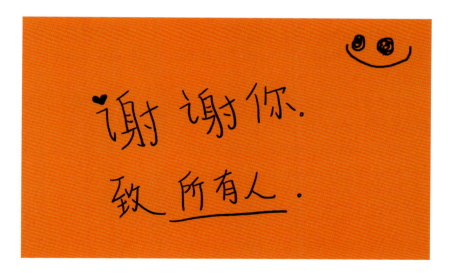

你们都知道我指的是谁以及为什么要感谢你们啦。

你们肯定都懂的。

我在个别字上加了几笔小装饰，这是我能想到的最最真挚的感谢方式了。希望你们喜欢。

作者其人

艾莉·布罗什，俄勒冈州本德市人，长年隐居在自己的卧室里。2009年的一天，她突发奇想："我有一个好主意！不当什么科学家了，我要在网上写写画画！"这个主意漏洞百出，但是没关系，它本来就不是基于逻辑得出的。后来这事搞着搞着，也就一发不可收拾了。

布罗什的博客"我永远也当不了大人"不知怎么地就获了奖。2013年，《广告时代》杂志还将她评选为"全球50位最有影响力的创意人士"之一。

布罗什自己也给自己发过很多奖，比如"画马画得最帅气"奖和"最有成功相"奖，等等。

更多内容，请移步传说中的获奖博客：
www.HyperboleandaHalf.blogspot.com

我永远也当不了大人

作者 _ [美]艾莉·布罗什　　译者 _ 周高逸

产品经理 _ 杨珊珊　　装帧设计 _ 拾野文化　　产品总监 _ 周颖

营销经理 _ 杨喆　　技术编辑 _ 白咏明　　执行印制 _ 刘世乐　　出品人 _ 吴涛

果麦
www.guomai.cn

以 微 小 的 力 量 推 动 文 明

图书在版编目（CIP）数据

我永远也当不了大人 / （美）艾莉·布罗什著；周
高逸译. — 广州：花城出版社，2023.9（2025.1重印）
ISBN 978-7-5360-9131-3

Ⅰ. ①我… Ⅱ. ①艾… ②周… Ⅲ. ①散文集－美国－
现代 Ⅳ. ①I712.65

中国国家版本馆CIP数据核字（2023）第168479号

HYPERBOLE AND A HALF by Allie Brosh
Copyright © 2013 Alexandra Brosh
Simplified Chinese translation copyright © 2023
by GUOMAI Culture & Media Co., Ltd.
Published by arrangement with author c/o Levine Greenberg Rostan Literary Agency
through Bardon-Chinese Media Agency
All rights reserved.
图字：19-2023-200

出版人：张懿
责任编辑：陈川 李欣
责任校对：卢凯婷
技术编辑：林佳莹
装帧设计：拾野文化
产品经理：杨珊珊

如有侵权，版权小怪兽
一口吃掉他。

书 名	我永远也当不了大人
	WO YONGYUAN YE DANGBULIAO DAREN
出版发行	花城出版社
	（广州市环市东路水荫路11号）
经 销	全国新华书店
印 刷	天津市豪迈印务有限公司
	（天津市开发区天津开发区微电子工业区中晓园8-E标准厂房）
开 本	889毫米×1194毫米 32开
印 张	12
字 数	160,000字
版 次	2023年9月第1版 2025年1月第6次印刷
定 价	98.00元

如发现印装质量问题，请直接与印刷厂联系调换。
购书热线：020-37604658 37602954
花城出版社网站：http://www.fcph.com.cn